跑步点燃生活

3年跑进波士顿

王国祥　著

北京出版集团公司

北京出版社

跑得越远，离自己的心越近。

写在前面

2012 年 4 月开始跑步，3 年跑了 12000 公里，参加了 15 次马拉松赛，2015 年 4 月参加了第 119 届波士顿马拉松。作者以日记的形式，记下了跑过的心路历程，录下了跑过的春夏秋冬。

00

目录

2012

2013

2014

2015

01

他们能行我也能行

2012/04/07　北京玉渊潭

　　我从小对体育没有什么兴趣，也没有对某项体育活动有过长期的参与和训练。家住在北京玉渊潭公园附近，我经常早晨去公园散步，然后在健身器材场地活动一会儿。

　　常见几位 60 多岁的大哥在跑步，看着他们轻快的步伐，健康的体态，我萌生了跑步的念头。我想，我比他们年轻，他们能行我也能行。

　　今天是我 55 岁的生日。为了今天这个特别的日子，我破天荒在公园跑了一圈，大概有 5 公里，虽然有些累，但感觉很舒服，这是我人生 55 年来第一次跑了 5 公里。

2012/05/10　北京玉渊潭

　　5 公里的晨跑断断续续已经坚持一个多月了。

　　今天跟随老鞠和老袁两位大哥一起跑。跑了 5 公里后，我打算停了。可他们还准备继续跑，我也想试着接着跑。途中，他们一直保持合适的速度带着我，还不断地问我呼吸如何，有无不舒服的感觉。

　　在他们的带领下，今天我在玉渊潭公园跑了两圈，10 公里，一切正常，感觉良好。老鞠对我说："你行，没问题。"我十分高兴。

2012/07/22　新疆乌鲁木齐

夏日的乌鲁木齐早晨十分凉爽。路灯还没熄，我就开始在新疆大学400米田径场上跑步。

出发前计划要跑40圈，16公里，也不知能否完成。为了计圈数，我准备了40张小纸片，每跑一圈，从口袋里取出一张小纸片放在起点处，等口袋里的纸片没了，我的40圈也就完成了。

开始的几圈，我兴致勃勃，但跑道上只有我一个人。跑过几圈后，跑道上陆续有人加入，中间的足球场有几个学生来踢球了。在跑道上跑步十分枯燥，30圈以后，我有些犯晕了，有想放弃的念头。虽然有这个想法，但脚步并没有停下。当圈数逐步接近40时，我的信心也在逐步增加，双脚也似乎越来越有劲了。

跑着跑着，有人走了，有人来了。在我浑身被汗水浸透时，太阳出来照亮了大地。当我从口袋里取出最后一张小纸片时，我知道终点就要到了，我全力加速，跑完了最后一圈。稍作休整后，我蹲下，一一捡起了被汗水浸湿的40张小纸片。此时，跑道上又空无一人了。

这跑道，犹如人生的舞台，你唱罢来我登场，来来往往，想要在这舞台上唱得好、唱得久，没有点功夫可不行。

2012/07/26　北京玉渊潭

今天我购置了耐克GPS(Global Positioning System 全球定位系统)运动手表，在耐克跑步网开设了自己的网页。运动手表借助于GPS卫星定位，跑步时可实时显示里程、速度等相关数据。上传到电脑上，跑步的里程、时间、配速（在马拉松运动的训练中常使用的一个概念，配速是速度的一种，是每公里所需要的时间）、卡路里消耗、海拔等一应俱全，特别有意义的是还在地图上标出了跑步的地点和路线。

从此，跑过的日子可以回放，跑步变得更加有趣。我可以对自己的跑步状况进行分析，有助于跑步水平的提高。

从今天开始，我制订了我的跑步计划，每天 10 公里，周末加倍。

2012/09/09　辽宁大连

夜宿位于滨海路付家庄公园附近的酒店。今早 5 点半起床，从付家庄跑向虎滩公园。

滨海路是大连最美的道路，全长 40 多公里，其中有 20.99 公里修建了木栈道，据说这是世界上最长的滨海木栈道。道路一边是针阔叶混交林覆盖的山峦，一边是烟波浩渺的大海和千姿百态的礁石岛屿。

在木栈道上的跑步比在公路上要舒适很多，双脚落地发出的声音也别有韵味。置身于此，如临梦中的仙境，但奔跑的步伐，让我确信这是真实的存在。

2 公里后的大上坡才让我猛醒。跑了 3 公里的路程，海拔高度上升了 120 米。我艰难地迎着上坡跑行，一路上，面朝大海，山花为伴。

过完这个坡就轻松了，经过了秀月峰、燕窝岭、北大桥，最后到达了虎滩乐园，全程大概 8 公里左右。为了凑满 10 公里，我不停歇，在虎滩乐园广场绕圈跑。

跑完休整时，一位年轻跑者过来问我："今年的马拉松你报名了吗？"

7.24 新疆帕米尔高原卡拉库里湖边

02 第一时间向家人报喜

　　有一位跑友曾经对我说，没有经历过马拉松折磨的男人，不是真男人。我想试一试，品尝其中的滋味。

　　在跑步5个多月后的9月22日，我到北京奥林匹克森林公园初试马拉松。按照平时自己跑步训练的速度，我将配速定为5分30秒。

　　途中先是与一位30多岁的年轻人同行了10公里，后来我俩一起赶上了他的两个同伴，4人结伴同行，我始终领跑。我听见有人在我旁边说："他跑得真轻啊！"后来他们跟不上了，5公里后，我独自前行。

　　跑到30公里时我喝了点水，后面再无其他补给。最后的两圈，我咬紧牙关坚持，终于用3小时59分45秒跑完了42.195公里，拿下了我的首个马拉松。跑后除了疲劳外，其他感觉正常，我在第一时间打电话向家人报了喜。接着坐下来，吃了两个馒头，感觉好甜好香。

　　从此，马拉松在我心里的神秘感和恐惧感消失了。当天下午我去王府井，买了一双千元跑鞋，作为对自己的奖励。

2012/09/28　上海黄浦江畔

昨天到了上海，住在浦东源深体育场的酒店。今早的跑步，沿着世纪大道，由世纪公园到东方明珠塔往返。

途中桂花飘香，我才意识到又到金秋时节了。回想起去年此时，与家人一起在南京中山陵赏桂，在大排档吃饭。而今天，大家相隔重洋，我也只能在心里默默地想念他们。

2012/10/06　江苏常州

回常州探望父母的几天，我每天选择不同的线路跑步。运河两岸，大街小巷，城市不大，几乎被我跑遍。有感写下了几句：晨曦伴我出门行，故乡跑游别样情。东南西北都转到，难觅儿时旧踪影。

1000km

81	12.35 km/次	04:11/km
94:41:21	05:40/km	23:32/5km
65,446 cal		49:06/10km

2012/10/16

　　从 2012 年 7 月 27 日至 2012 年 10 月 16 日，共计 82 天，我跑完了 1000 公里。下面是有关的数据：

时间：2012. 7. 27—2012. 10. 16

马拉松成绩：3:59:45（2012. 9. 22 北京 练习跑）

跑步地点及次数：北京（41）
　　　　　　　　多伦多（22）
　　　　　　　　常州（9）
　　　　　　　　上海（5）
　　　　　　　　大连（4）

跑步里程：1000 公里

最佳成绩：1 公里：04:11
　　　　　5 公里：23:32
　　　　　10 公里：49:06

总时间：94:41:14
总天数：82
总次数：81
单次平均里程：12. 35km
平均配速：5:40/km
总热量消耗：65446cal

2012/10/17　西安大雁塔

昨天到了古都西安，住在离大雁塔不到 1 公里的雁塔南路上。当晚去了大雁塔，看着被五彩缤纷的音乐喷泉照耀着的古塔，我就在心里盘算着：明天一定要早点起来跑步，好看一看没有被现代光环笼罩的真实的大雁塔。回房后查看了地图，我看见在大雁塔的东南边还有唐城墙遗址公园、曲江池遗址公园。

今早天还没亮，我就出门开跑，直奔大雁塔而去。雁塔路两旁修建了许多现代的仿古建筑，体量都很大，且色彩艳丽，而这里真正的主角大雁塔与它们相比，是多么渺小和格格不入，也不知是我们的先人没有超前意识，还是现代人太聪明。大雁塔旁有一位清洁工，正手持扫帚在清扫落叶，此景与古塔看上去倒是很协调。

离开大雁塔，我跑向唐城墙遗址公园，不见遗址踪影，却看到了刻有古人诗词书法的现代展墙。曲江池遗址公园的池里有水，不知道此水是不是自古流淌而来。

从天黑到天亮，在奔跑中穿越。从唐代到现代，在汗水中体会。

2012/11/22　北京玉渊潭

早上 5 点 44 分，踏着秋天的落叶，我开始了晨跑。1 小时 57 分 17 秒跑完了 22 公里，配速为 5 分 20 秒。

今天是我挑战半程马拉松 (21.0975 公里，后文简称半马) 的第七天，我连续 7 天跑了 7 个半马，都在 2 小时内完成。到今天为止，我的月跑步公里数累积达到 432.2 公里，创造了月跑量新纪录。

7 天 7 个半马的完成，让我发现人的潜能存在着极大的开发空间，但要开发这未知的空间，需要坚定的信念和不懈的努力。

2012/11/25　长沙河西

在曾经上学、工作、生活了 16 年的地方跑步，这是我开始跑步后就产生的一个愿望。在毕业离校 30 年后的 2012 年的冬天，这一愿望终于实现了。

冒着初冬的小雨，我在河西岳麓山下一路跑去。在母校，我看见了我当年上学时的教室、食堂、图书馆、宿舍。在南校区，我看见了妻子教书的教室、女儿上过的幼儿园、我们的曾经的家。在两校中间，我经过了曾经工作过的研究院。

一路上，我见到了许多人，似曾相识。当年来时，我单身一人，16 年后走时，携妻带女。今天重走青春路，心存激动。一群打伞去食堂吃饭的青年大学生，看着雨中奔跑的我，有人鼓掌，有人对我喊：超人。全程跑完共计 12 公里。

这是 30 年前我做不到的事，30 年后我却做到了。我期待着下一个 30 年后，故地再跑游。

2012/11/26　湘江橘子洲头

青年时代的毛泽东，曾在橘子洲头指点江山，激扬文字。1978 年，21 岁的我到长沙求学，追寻先人足迹，豪情满怀。

34 年后的 2012 年冬天，55 岁的我，依然牵挂着那片土地。迎着寒冷的北风，环绕着橘子洲，我奔跑着、寻觅着、思考着。

11.26 长沙橘子洲

2012/12/04　北京玉渊潭

今早去玉渊潭跑步，月亮高悬，路上布满了树的影子，北风在呼啸着。正是：月光如水满地银，湖边树影梦中景。凛凛北风是我伴，天天玉渊画中行。

2012/12/15　海南儋州

今天海南儋州的气温高达 31 摄氏度，即将开始的马拉松赛是名副其实的高温马拉松，赛道又有几处大坡，难度不小。开赛前，我与来自非洲的十几位国际高手一道，做拉伸运动和热身慢跑。他们瘦条匀称的身材令人震惊，与他们相比，体重指数 21.3 的我是个胖子。开始的 5 公里，我与一位 70 岁的山东长者同行，边跑边听他讲述数十年跑马的故事，深受鼓舞。10 公里后，匀速跑行的我不断地超越前行者。由于参赛人数太少，赛道上前后几乎看不见人，要跑上几公里才能赶上一个参赛者，大部分时间我是孤独一人在跑行。赛道两旁的观众好不容易看见我跑来了，加油声喊得震天响。天气炎热，烈日当空，我汗如水注。

20 公里后的每 5 公里，我都补充水分，3 次服用能量棒。由于准备充分，我始终保持配速为 5 分 25 秒左右，全程都跑得比较轻松，没有出现极点或撞墙（跑步中濒于崩溃的极限状态）情况。在 35 公里时我开始提速，40 公里时冲刺，最终用 3 小时 50 分 04 秒完成我人生的第一个马拉松比赛。在 283 位参赛选手中，排名第 37。

到今天为止，我的月积累跑步里程达到 562.09 公里，再创新高。

12.11 海南琼州海峡

2012/12/19

从2012年7月27日至2012年12月19日的146天中，我跑完了2000公里。下面是有关数据：

12.15 海南儋州国际马拉松赛

2000km

151 🏃	13.37 km / 次 🏁	04:08 / km
186:40:21 ⏱	05:34 / km 🎧	23:26 / 5km
130,921 cal 🔥		47:47 / 10km

时间：2012.7.27—2012.12.19

马拉松成绩：3:59:45（2012.9.22 北京 练习跑）
　　　　　　3:57:23（2012.12.8 广州 练习跑）
　　　　　　3:50:04（2012.12.15 海南）

跑步地点及次数：北京（86）
　　　　　　　　多伦多（22）
　　　　　　　　常州（9）
　　　　　　　　长沙（8）
　　　　　　　　上海（7）
　　　　　　　　广州（5）
　　　　　　　　海口（5）
　　　　　　　　大连（4）
　　　　　　　　西安（4）
　　　　　　　　儋州（1）

跑步里程：2000 公里

最佳成绩：
1 公里：04:08
5 公里：22:26
10 公里：47:47

总时间：186:40:21
总天数：146
总次数：151
单次平均里程：13.37km
平均配速：5:34/km
总热量消耗：130921cal

2012

2013

2014

2015

03 练跑的艰辛
天知、地知、我知

2013 年 1 月 5 日，海滨城市厦门风和日丽，气温 13 摄氏度。本年度全国第一个国际马拉松赛，迎来了 45 个国家的 73896 人参加。随着发令枪响，参加全程马拉松（后文简称全马）的 20549 人，在拥挤中率先开跑。

1 公里后，我冲出重围，配速为 5 分 05 秒，这个速度比我在海南儋州国际马拉松中 5 分 25 秒的配速，提高了 20 秒，我有些吃惊，但一路上感觉良好。赶上"330 兔子"（指马拉松赛中 3 小时 30 分跑完全程的领跑者）后，跟随 5 公里后放弃，我怕后程乏力。

我按自己的配速跑行，到半程时用时 1 小时 47 分。在大约 27 公里时，我追上了"340 兔子"，并行一段后超越。

眼观滨海大道迷人的风光，头顶蓝天白云和时隐时现的太阳，耳听赛道两旁热情观众的加油声，我信心十足。在 20 公里后的每个补水点都喝了两口水，服了 4 次易溶化的能量片，还吃了一个志愿者送的香蕉。

35 公里的里程牌到了，这是真正马拉松比赛的开始。一直匀速跑行的我，开始加快步频，加大步伐，到 40 公里时，计时牌显示为 3：20，我竭尽全力冲刺。在不断地超越中，最终以 3 小时 32 分 59 秒完成了我的第二个马拉松赛。在全马 20549 位参赛选手中，排名第 492，进入前 2.4％行列。

这是一月内我完成的第三个马拉松，并创下最好成绩。手捧着组委会颁发的成绩证书，我激动万分。多年来获证书无数，马拉松赛的成绩证书是我最为珍视的。

2013/01/15　北京德胜门外大街

《跑者世界》杂志主编晏懿和摄影师任涛，今天来单位采访我，计划在杂志上介绍我的跑步经历。

《RUNNERS WORLD》是在美国出版的全球最权威、影响最广泛的跑步专业杂志，它在十几个国家用不同语言同步出版。

去年下半年，该刊中文版《跑者世界》在我国出版了，杂志的大部分内容由原版翻译过来，小部分版面用作介绍国内跑者和赛事活动。

刊中的"我是跑者"专栏，每期用一个版面，图文并茂地介绍一位跑者，被杂志选中的人，不是跑界精英就是跨界名人。去年12月，我买了一期杂志，看了其中介绍的跑者，觉得自己不比他们差。于是我将我的"2000公里长跑成绩单"寄给了主编。

第二天我就接到他的电话，说要来采访我。我的跑步经历让他们觉得不可思议。其实，练跑的过程相当的艰辛，我的付出、我的坚持，只有天知、地知、我知。当然，苦尽甘来的快乐和充实，老天也毫无保留地给我送来了。

2013/02/03　加拿大多伦多

告别持续20多天被雾霾笼罩的北京，2月2日我来到了加拿大多伦多，清新的空气扑面而来。3日早晨6点半，天还没亮，我穿好行装，出门开跑。

　　跑步路线是从芬奇大街出发，沿央街到湖边。一路上我看到了茂密的森林，温馨的住宅，安静的墓地，古老的教堂，现代的写字楼，多彩的商铺，高入云天的电视塔，最后见到了清澈无边的安大略湖。

　　启程时天黑灯亮，月色朦胧，结束时天亮灯黑，阳光灿烂。路上我多次见到可爱的小松鼠，它们可比我跑得快多了。总计跑行 16.51 公里，用时 1 小时 32 分，配速 5 分 37 秒。

　　去年夏天，我曾跑过这段央街，沿着这条街，下面有地铁，跑完就乘地铁回去了。可今天我去地铁站时，地铁还没开门，问了一位行人才知道，今天是星期日，地铁要 9 点才开始运行。还有一个多小时才有地铁，穿着单衣且背上湿透的我，站在零下十几摄氏度的寒风中瑟瑟发抖。

　　往回跑吧，跑起来就不冷了，我只好迈着疲惫的双腿又跑了起来。跑过了一个地铁站后，看见一个大商场有人进出，我赶紧进去，顿时一股热气迎面而来，太舒服了。

　　我找了一个椅子坐下休息，还与一位黑人警察聊了几句。假如今天我没有遇到这个避寒的地方，可能我只能跑回去了，至少也要跑到地铁开始运行的 9 点。

2013/02/08　加拿大多伦多

　　2 月 8 日早晨，预报中的暴风雪如期而至。多伦多狂风呼啸，大雪纷飞，地上的积雪没过了鞋。我全副武装，开始了晨跑。

　　虽然在北京年年都见雪，但我从没见过这么大的雪。大地被厚厚的白雪覆盖着，几乎看不到路的踪影，汽车像蜗牛似的爬行。雪花在我的眼镜片上凝结，模糊了视野，真想有个像汽车雨刮器那样的装置，为我除雪。

路上不见行人，偶尔在汽车站可见等车的人。伴随着踏雪的沙沙声，我奔跑着。5公里以后，风越刮越猛，雪越下越大，积雪越来越厚，我跑得越来越艰难，最后在6.7公里时结束跑行。用时46分17秒，速度为6分49秒。这是我最艰难的跑步经历，创下了我跑步速度的最慢纪录。

2013/02/14　美国波士顿

在加拿大多伦多跑步10天后，今天我飞到了美国波士顿。从飞机上往下看，刚刚经历过一场暴风雪的波士顿银装素裹。对于跑者来说，波士顿的迷人之处是她每年一次的马拉松比赛。

波士顿马拉松（后文简称波马）自1897年起举办，每年4月第三周的星期一举行，它是世界六大马拉松赛事之一，一直以其古老而独特的魅力吸引着全世界的马拉松爱好者。与此同时，这项赛事也以严格的参赛资格限制著称，令不少优秀的马拉松选手望而却步。

2013年的资格标准共分11个年龄段，每个年龄段都有对应的标准。其中，男子18~34岁为3小时5分，55~59岁为3小时40分，80岁以上为4小时55分。

全世界的跑者，都为能拥有波马报名资格而感到自豪。我2013年厦马的成绩为3小时32分，达到了属于我这个年龄段的资格标准。

在波士顿的街上跑了10公里后，我在波马的终点徘徊，心想，总有一天，波马我会来的。

2013/02/17　美国波士顿

　　5天的波士顿行程就要结束。今早6点半我准备跑步，一出门，眼前的景象让我吃惊，狂风呼啸，雪花飞舞，地上铺了厚厚一层积雪。我没有丝毫的犹豫，冲进了风雪中，开始了跑步。

　　雪打在我的脸上似针扎一般地疼，风推着跑动的我在雪中飘移，充满电的卡片相机拍了几张后就因为低温显示无电，街上不见行人，平时常见的跑者也不见了踪影。

　　在跑过查尔斯河上的哈佛桥时，我停下来想照张相，不小心掉了一只手套，大风立即把它吹入河中，悲剧啊，我的一只手只能裸露着挨冻了。

　　看着落在被冰雪覆盖的河面上的一只手套，我说："再见了，伙伴，我不能带你走了，你就算是我送给查尔斯河的礼物吧。"

　　沿着查尔斯河，我艰难地奔跑着，我跑过了麻省理工学院，跑过了哈佛大学，跑过了波士顿大学，最后在美国开国元勋富兰克林墓地结束，全程12公里。

　　回到住地，打开电视，只见主持人用急切的语气，不断播报着天气和交通的最新状况。暴风雪越来越猛烈，飞机停航，高速公路封闭，公交、游览车停驶，主持人告诫人们尽量不要外出。

　　哈哈，我在暴风雪中跑行了12公里，没那么可怕！感谢波士顿，让我感受到跑步的魅力，感谢暴风雪，让我的跑步更精彩！

2.13 美国波士顿

04

擦下的鼻涕马上结成冰

2013/03/08　哈尔滨松花江

　　昨日由雾霾笼罩的北京来到哈尔滨。今早雪后的哈尔滨天空湛蓝，气温零下 17 摄氏度，美丽的松花江依旧冰封，晨跑就在松花江上展开。远处是建成于 1901 年的铁道大桥，大桥全长 1050.87 米，宽 7.2 米。桥上不时有火车通过，两侧有人行道。在这里跑行，别有一番滋味。

2013/03/09　黑龙江漠河

　　今早在我国最北端的漠河跑步。气温零下 32 摄氏度，虽然这是我此生遇到的最低气温，但我仍坚持完成了 10 公里跑。

　　速干衣、紧腿裤都不管用，牛仔裤、羽绒服刚够对付，有水的地方都结冰，有气的地方都成霜。我呼出的热气，在领口、帽檐、眼镜片上凝了大片白霜，用手套擦下的鼻涕马上就结成了冰。

　　由于我没把耳朵包严实，跑完感觉耳朵痛，下午耳朵就长起了水泡。真冷！

3.10 黑龙江漠河北极村

2013/03/10　黑龙江漠河

黑龙江是被誉为"神秘的风景线"的国际河流，流经中国、俄罗斯、蒙古，全长 4370 公里。中段为中俄界河，流经黑龙江省 2900 公里，是我国黑龙江省名称的由来。黑龙江省漠河的北极村，与俄罗斯隔江相望。

今天气温为零下 30 摄氏度左右，穿过北极村往北，我跨入了冰封严实的黑龙江江面。江中立有提示国界线的牌子，中方边防站不时地作广播提示。江对面俄方的村庄很清晰。我在中方一侧跑行。

送我到此的出租车司机，等我上车后，对我说："到了北极村，还不来个北极光？经常有搞极限运动的人，从千里之外赶来，在冰天雪地里光着身子跑步，男的只穿一条三角裤，女的穿三点式。"

我听明白了，是在零下 30 摄氏度的雪地里裸奔啊。机会难得，我想体验一下。于是，我脱光了上衣，在雪地里狂奔。可能我跑得不够久，可能我脱得不够光，虽然很冷，但没有想象的那么可怕。

3.11 黑龙江漠河

3.12 黑龙江漠河

2013/03/12　北京玉渊潭

　　今天北京下了第一场春雨，雨量为中等，我冒雨在玉渊潭公园跑了 11 公里，奔跑中我听见了今年的第一声春雷。虽然全身湿透，但由于气温适宜，雨中的奔跑别有滋味。

　　途中我回想起两天前，我在我国最北端的黑龙江漠河长跑，当时气温为零下 30 摄氏度，3 个月前的去年 12 月 15 日，我在我国最南方的省份海南长跑，气温为零上 30 摄氏度。一南一北，相隔 3 个月，绝对温差 60 摄氏度。海南的长跑，我的脸上晒脱了皮，漠河的长跑，我的耳朵冻起了泡。

　　所有这些，我都心甘情愿，义无反顾。因为它让我体会到了生命的坚强，感受到了奋斗的力量。

2013/03/16　北京玉渊潭

　　春天来了，冬天走了。跑过整个冬天的我，对冬日阳光，对冰天雪地，对刺骨寒风，还真有些恋恋不舍。

　　忘不了，在雪地中的滑倒，在狂风中的飘移，在寒冷中的颤抖。冬天跑步，强健身体，磨炼意志。

　　感谢冬天，再见冬天！

2013/03/19

　　从 2012 年 7 月 27 日至 2013 年 3 月 19 日的 236 天中，我跑完了 3000 公里。有关数据见右页：

3000km

248	12.75 km/次	04:08 / km
280:56:41	05:36 / km	22:26 / 5km
196,400 cal		45:10 /10km

时间：2012. 7. 27—2013. 3. 19

马拉松成绩：3：59：45（2012. 9. 22 北京 练习跑）
　　　　　　3：57：23（2012. 12. 8 广州 练习跑）
　　　　　　3：50：04（2012. 12. 15 海南）
　　　　　　3：32：59（2013. 1. 5 厦门）

跑步地点及次数：北京（132）
　　　　　　　　多伦多（48）
　　　　　　　　常州（9）
　　　　　　　　长沙（8）
　　　　　　　　上海（7）
　　　　　　　　厦门（6）
　　　　　　　　广州（5）
　　　　　　　　海口（5）
　　　　　　　　大连（4）
　　　　　　　　西安（4）
　　　　　　　　漠河（3）
　　　　　　　　哈尔滨（2）
　　　　　　　　昆明（2）
　　　　　　　　文山（2）
　　　　　　　　儋州（1）

跑步里程：3000 公里

最佳成绩：1 公里：04：08
　　　　　5 公里：22：26
　　　　　10 公里：45：10

总时间：280：56：41
总天数：236
总次数：243
单次平均里程：12. 75km
平均配速：5：36/km
总热量消耗：196400cal

2013/03/20　北京玉渊潭

昨晚下了大雪。今早出门，大地披上了银装，玉渊潭的雪景令人震撼。我手拿相机，边跑边拍，10公里过后，美景尽收。

2013/03/23　北京奥森

今天天气很好。我在北京奥森南园北园跑了3大圈，总计32公里，用时2小时42分52秒，平均配速5分05秒，这是继1月5日厦马后最长距离的一次拉练。

3.20 北京玉渊潭春雪

庆幸与跑步结缘

05

2013/04/18　北京玉渊潭

今早跑行在杨柳青青的玉渊潭湖畔，回想起昨晚读的村上春树的《当我谈跑步时我谈些什么》一书，仿佛在书中找到了自己的影子。

每天跑 10 公里，马拉松成绩在 330–400 之间，静态心率 50，这 3 项跑者最重要的指标，我与村上春树相似。他每天早 5 点起床，晚 10 点睡觉，我也一样。

尤其是书中对他在波士顿查尔斯河畔跑步的描写，我倍感亲切。两个月前，我曾在那里晨跑 4 天，每天 10 公里。

村上春树 33 岁开始跑步，至今已跑了 30 年，跑步与写作同进步。在他四十五六岁时，马拉松成绩达巅峰，为 3 个半小时左右。

我 55 岁过后练习跑步半年，厦马 3 小时 32 分完赛。我开始跑步较晚，后悔没早些开始。但庆幸的是，我终于在有生之年与跑步结缘，并喜欢上了它。

2013/04/21　北京玉渊潭

经过大约 1 年的跑步，跑过大约 3400 公里的路程，完成 2 个马拉松练习跑和 2 个马拉松比赛。跑步对我到底意味着什么？我为什么要跑步？今天在玉渊潭湖我一边跑着，一边思考着。

跑步对我来说，已经不是单纯的锻炼身体，它已成为我生活的一部分，不仅是磨炼意志，更是精神上的不断升华。我在不断地跑，不断地追求。追求什么呢？追求未知！

2013/04/29　北京奥森

连续上了7天班，今天是五一小长假的第一天。毫不例外，第一件事仍然是去奥森跑步。今天北京晴空万里，气温27摄氏度。

早上7点30分，约了好友刘晓翔为我拍摄在奥森跑步的照片。他虽然把摄影当成业余爱好，但摄影水平是专业的。他操控顶级摄影器材，在不同背景下，机关枪连射似的抓拍，记录下了我跑步的每一个瞬间。不到一小时，拍了一千多张。

拍摄结束后，8点30分我开始了计划中的半马。今天是今年以来最热的一天。天空透蓝，没有一丝云彩，太阳猛烈地烤晒着大地，池塘中传出阵阵蛙鸣声，我这渺小的生命只能默默地承受着，坚持着。

没跑多久我就大汗淋漓，幸好今天戴了遮阳帽，它给我带来些许清凉。跑到15公里左右时，同来的跑友落在后面没了人影，我乏力口渴，有一丝放弃的念头出现。突然一抬头，发现前面100米处，有一位穿戴专业的年轻人在跑，我兴奋了起来，努力追赶。他跑得不慢，我大约跟随了2公里后才追上。他发现了，不甘心，想超过我。我当然不让，渐渐地，我身后的脚步声消失了。

真要谢谢这位跑友，关键时候，是他激发了我，让我发力。到南门时，我已跑完了半马的21.1公里，没有停歇，跑到北门才停下。今天跑了23公里，用时2小时5分24秒，配速为5分27秒。

2013/05/04　北京奥森

今天气温最高 27 摄氏度，我特地赶早去北京奥森跑步，6 点 20 分就从南园北门开跑。

到达北园跑了大约 2 公里，我看见了一个在奥森多次见过的跑者。此人光头蓄须，长袖短裤，脚穿白布面的胶鞋。他跑得很快，我追了上去，超过了他，他一直紧追不放。他的脚步声始终在我后面，我加速，他紧随，有几次他几乎要与我并行了，我又奋起加速想甩开他，可他依然紧咬不放。我们就这样追赶着，我的配速已被他逼到了 4 分 20 秒。

每到一个转弯处，为了节省几步，我都选择最近的路线，他也如此。到了上坡，爬坡不怎么掉速的我想借机甩开他，但他跑坡竟也不减速！

今天遇到强人了！不甘示弱又感到很吃力的我，想着如何结束此局面。在我俩追赶 8 公里过了南园南门后，我回头与他打招呼。我说："你跑得真快，促使我跑出了好速度。"他说："我平时没跑过这么快，你在前面领着，我想超过你，但一直追不上。"

接下来，我俩边跑边聊。他与我同岁，50 岁时发觉身体不好，开始跑步，至今已有 6 年了。现在每周的周一、周三、周六早晨来奥森跑步，每次跑 8 圈，8 圈的距离相当于一个全马。他的最佳马拉松成绩是 3 小时 12 分。

一周 3 个马拉松，还跑这么快，你真行！说完我问他为什么不穿跑鞋。他说试过，穿了没有路感。还说在我后面，看我的跑姿很好，跑得轻松。

我本想与他一起多跑几圈，向他请教，可他跑了一段后说要去厕所，我只好独自跑行。最后 2 小时 38 分跑完 31 公里，平均配速 5 分 5 秒。

4.29 北京奥森

昨天下午乘飞机离开北京。轰鸣的飞机快速起飞升空，不到一会儿，便冲出了笼罩在北京上空的雾霾层，我看见了蓝天白云。其实，蓝天白云一直都在，是我们人类产生的污染，掩盖了它的真容。

兰州国际马拉松赛（后文简称兰马）将于6月15日举行。我今早在比赛线路晨跑，先行体验。兰州是唯一一个被黄河穿城而过的省会城市，坐落于一条东西向延伸的狭长形谷地中，夹于南北两山之间，黄河在市北的九州台脚下奔腾东去。沿黄河两岸，开通了南北两条东西长达50多公里的滨河路，并打造了全国唯一的城市内黄河风情线，被称为兰州的"外滩"。

兰马就在黄河边举行，沿途景色优美，风光秀丽。比赛要经过雁滩桥、中山桥、小西湖桥、七里河桥、银滩桥、城关桥6座黄河大桥，水车园、小西湖公园、银滩公园、雁滩公园4座公园，以及"搏浪"和"黄河母亲"两座雕塑。道路比较平坦，根据我的GPS运动手表显示，海拔高度为1520米左右，正负相差在10米以内，需穿过的两座黄河大桥坡度也不大。

赛道两侧多处可见大幅宣传广告，出租车的灯箱上，也在滚动播放赛事消息，《兰州日报》头版每天都有开赛倒计时，园林城建工人正抓紧对赛道沿线的绿植和建筑进行修整。

今早，细雨淅沥似江南，我和朋友一起，在黄河两岸跑行14公里，跨过了有106年历史的天下黄河第一桥——中山桥。

5.9 兰州水车博览园、黄河中山桥

2013/05/11　北京奥森

为了备战 5 月 25 日的天津国际马拉松赛（后文简称天马），今早去奥森准备进行长距离拉练。出发前查看了天气预报，空气质量良好，最高温度 33 摄氏度。到底要跑多少，我并没想好。

早晨起来，我喝了两杯水，吃了几口饼干，6 点多就开跑了。头儿圈，天气还有些凉意，比较舒适，南园北园跑了几圈以后，气温快速上升，游人也越来越多。长江商学院北京校友会在这里组织 10 公里徒步活动，规模很大，不仅在南园南门架起了起点和终点牌楼，途中还设了供水站，跑道上人流拥挤。

18 公里时，我追上一位长者，他与我打招呼，问我的配速是多少，我说 5 分 10 秒，他说他是 5 分 30 秒，我和他挥手之后前行。3 公里之后，那位长者追上了我。我俩边跑边聊。他今年 59 岁，家住奥森附近，从 2008 年奥森开园就来此跑步，多次参加马拉松，成绩为 4 小时 30 分左右。虽然他头发白了，但看上去很精神，步伐轻快。听说我马拉松成绩为 3 小时 32 分时，大为赞赏。我们一起跑了 7 公里后到达南园南门，他不跑了，与我告别。

跑到 31 公里时，我去停车场的车里喝了口水。此时被太阳暴晒的地面热浪升腾，塑胶跑道散发出难闻的气味，我戴的太阳帽被汗水浸透。离马拉松终点距离还有 11 公里，是继续，还是停止？我选择了继续。

我想挑战自己，体验一下在高温、缺水、缺补给的情况下，自己的身体所能承受的极限。最后的 10 公里我选择在游人少的北园跑行，而且不走大路，改走小路。我跑到一条两岸盛开黄色小花的河边，3 年前，我和家人来过此地。

想着在远方奋斗的她们，我想告诉她们，我也一直在努力，我也一直在奋斗。选择再进北园，我就没有了退路，离存放水和补给的停车场越来越远。跑着跑着，我的速度大降，感到极度地乏力。

我跑过4次全马，都没遇到过此情况，我还一直得意在全马的35公里后从没出现过撞墙的情况，今天可是真的来了。我坚持着，一步一个脚印地前行。看见一个厕所，进去洗了个脸。除了乏力，双腿迈不开，肚子也感到极度饥饿，我这才想起，早晨基本没吃东西。紧接着，一阵睡意袭来，困了。我不得不停下来，在路边石头上坐了几分钟。

我看了一下表，离终点还有1公里多。上路吧，坚持到底就是胜利，我对自己说。迈着沉重的步伐，顶着正午的烈日，这最后的1公里，好像比平时的10公里都要遥远。用时3小时55分30秒，我终于到达了向往的终点，跑完了42.195公里。

一包饼干和两瓶水下去，我感到舒适许多，体会到了什么叫苦尽甘来。回家的路车多拥堵，困意又起，坚持了近1个小时，总算到了家。打开手机，看见了家人牵挂的问询短信，顿时一股暖流涌上心头。饱餐一顿后睡了1个多小时的午觉。

起床后，全身轻松，好像几个小时前跑马拉松的不是我。回顾这次跑马的经历，收获很多。我对自己的身体有了更多的了解，尤其是在高温、缺水、缺补给状况下的反应，这对我今后在马拉松赛前做准备有极大的帮助。

最为重要的是，这次跑马让我明白，要让坚持成为习惯，要让吃苦成为享受，只有这样，人生才会不惧艰难，勇往直前。

5.25 天津国际马拉松赛

我的家在路上

06

2013/05/25　天津武清

昨日中午由北京乘高铁，25分钟便到了天津武清，准备参加25日的天津国际马拉松赛。到达天津时，空气污染指标为严重污染，比赛时要是如此污染，那就太糟糕了。令人高兴的是，老天帮忙，午后刮起了三至四级东北风，雾霾逐渐消退，下午6点，空气质量转为良好。

今天，空气质量依然良好，气温28摄氏度。本届马拉松赛参赛人员共计15923人，其中外籍运动员125人，分别来自21个国家。男子全程有1656人，女子全程有227人。

8点30分发令枪响，大家开跑。一过计时毯，我就按下了跑表的开始键。刚起跑时，大家都很兴奋，速度很快，尤其是许多二三十岁的年轻人，更是一马当先。我看了一下跑表，我的配速已到了4分40秒，显然快了，于是我放慢了脚步。我知道，马拉松是一个长距离高强度的运动项目，我要量力而行，途中的逞能没有什么意义，终点的微笑才是英雄的本色。

我默默地旁若无人地跑着，由于气温高，跑了2公里后就满头大汗，为了防止汗水流进眼睛，我不时地用随身带的小毛巾擦去额头上的汗。这一擦，我就想起，出发前为了防晒，我在脸上手臂上都涂了防晒霜，擦去了防晒霜的额头，肯定比别处要晒得厉害。赛后果然发现，额头颜色比脸上其他部位颜色深，接近古铜色了。

头10公里我的配速大致在5分05秒。在10公里饮水站，我取了一杯水，边跑边喝。上两次马拉松赛，由于没有掌握方法，停步喝水，影响了速度。

又跑了一段后，我发现在我前面有一个人，始终以与我差不多的配速在跑，从后面看，此人个子比我高，短发全白。我想，这位长者功夫不浅，大概跟随他2公里后，我追上了他，扭头一看，此人不是中国长者，是一位年轻老外，哈哈，我看走眼了。

跑到16公里的时候，我看见一位20多岁的小伙子，停下来向路边的警察求助，说自己不舒服，警察立即给大赛救护中心打电话，说16公里处有人需要救助。

参加马拉松赛，好比参加一场考试，不经过长期系统的训练和准备是无法完成这份试卷的。在全马的参赛人员中，除了专业运动员，在跑得好的业余参赛者中，中老年人的比例较高。因为这些中老年跑者肯吃苦，经过了长期的训练，也打下了坚实的基础。

马拉松是一项脚踏实地的运动，任何小聪明、投机取巧或临时抱佛脚，在这里一概毫无用处。平时跑过的每一公里，都会反映到比赛中来，反过来，只要看你赛时的状态，就可知道你平时功夫下得深不深。

大约跑到18公里时，我赶上了一个手持MP3音乐播放器的小伙子，他把音乐声开得很大。我想，跟着他跑，有音乐伴奏，可减轻疲劳。伴随着很好听的流行音乐，渐渐地，我的步伐与他的音乐节奏相吻合了，确实感觉跑得轻松许多。一曲下来，我看了看表，啊，我的配速被他的音乐拖慢了。

不能再听了，我赶紧加快步伐，告别了慢节奏的美好音乐。这时，我想起了国外的摇滚马拉松，在赛道中安排

5.25 天津国际马拉松赛

几处音乐演奏，奏响的是催人奋进的摇滚音乐。如果跑者的步伐能跟上摇滚乐的节奏，那个个都是飞毛腿。

跑过半程时，手表上显示用时1小时50分。我想前半程的速度控制得不错，后半程可以保持速度。越往后跑气温越高，汗出得越来越多，补充水分越来越频繁，周围的跑者越来越少，我的速度越来越慢，最慢时的配速都掉到了5分20秒。我及时补充了维生素片，奋力提速。尽管我掉速了，但依然没有人超过我，可能别人也在掉速吧。

后半程，几乎一直无人追我超我，只是我在慢慢地超越别人，这极大地消磨了我的斗志。跑到30公里时，后面一个哥们儿大吼一声："加油啊！还有12公里到家啦！"我为之一振，也感慨万千。我曾经对家人说过，房子不是家，和你们在一起的地方才是家。现在，我把家人放在我心里，我的家在路上。

天马的赛道堪称美好。一路上，我看见了繁华的闹市，呼啸奔驰而过的高铁，曲折而开阔的河流。让我印象特别深刻的是，有一段赛道延伸到了郊外，好一派难得的田野风光啊！左边是农田，右边是小溪，旁边还有木栈道。

大部分的赛道两边没有观众，这让我多少感觉有些孤单。但赛道两边的志愿者却让我难忘。我每经过一位志愿者，他们都会微笑着对我说："加油！"虽然声音不大，但分量很重。烈日之下，五六个小时的守候，送给参赛者成百上千次微笑和加油，他们是天马赛道上最可爱的人。

跑着跑着，我似乎忘记了我在比赛，仿佛只是进入了自己的一种生活状态。回想起我跑步的这一年，我跑过的日子，跑过的地方，结识的跑友。从去年7月到今年5月的10个月里，我跑了4000公里，3个练习马拉松和3个比赛马拉松，最佳马拉松成绩产生于今年的厦马，3小时32

5.25 天津国际马拉松赛

分完赛。这是我感到最不可思议的一年。

　　"还有最后5公里，坚持到底，就是胜利！"志愿者的一声大喊，把我从回忆中唤醒。我调整状态，加快步伐，奋力前行。进入城区了，两旁的观众越来越多，加油声越来越响。

　　到40公里时，我竭尽全力，配速进入5分，超过了17人。在终点处架着相机等候的朋友侯哥，在我冲刺时按下了快门，记下了我跑完42.195公里那一瞬间的画面。

　　跑向终点的我，双手举拳在空中挥舞，兴奋喜悦的心情全写在了脸上。最后3小时42分完赛，名列第123名，进入男子全程的前7.4%。

2013/06/02

　　从2012年7月27日至2013年6月2日的311天中，我跑完了4000公里。有关数据如下：

4000km

316	12.86 km / 次	04:02 / km
369:40:26	05:33 / km	22:17 / 5km
262,057 cal		45:10 / 10km

时间：2012. 7. 27—2013. 6. 2

马拉松成绩：3:59:45（2012.9.22 北京 练习跑）
　　　　　　3:57:23（2012.12.8 广州 练习跑）
　　　　　　3:50:04（2012.12.15 海南）
　　　　　　3:32:59（2013.1.5 厦门）
　　　　　　3:42:24（2013.5.25 天津）

跑步地点及次数：北京（197）
　　　　　　　　多伦多（48）
　　　　　　　　常州（13）
　　　　　　　　长沙（8）
　　　　　　　　上海（7）
　　　　　　　　厦门（6）
　　　　　　　　波士顿（5）
　　　　　　　　广州（5）
　　　　　　　　海口（5）
　　　　　　　　大连（4）
　　　　　　　　西安（4）
　　　　　　　　漠河（3）
　　　　　　　　兰州（3）
　　　　　　　　哈尔滨（2）
　　　　　　　　昆明（2）
　　　　　　　　文山（2）
　　　　　　　　儋州（1）
　　　　　　　　天津（1）

跑步里程：4000 公里

最佳成绩：1 公里：04:02
　　　　　5 公里：22:17
　　　　　10 公里：45:10

总时间：369:40:26
总天数：311
总次数：316
单次平均里程：12.86km
平均配速：5:33/km
总热量消耗：262057cal

7.14 灵山跑山赛

07

跑向北京之巅

2013/07/14　北京灵山

灵山位于门头沟与河北交界处，距市区 122 公里，海拔 2303 米，是北京地区最高峰，是京郊唯一集高原、草原风光为一体的自然风景区。带着对灵山美好自然风光的憧憬，今天我参加了多威跑友会在灵山主办的"聚灵达摩古道马拉松挑战赛"。

早晨 7 点从军事博物馆发车，10 点到达灵山。在简短的开幕式后，10 点 20 分，120 余位选手在山里兴奋地开跑，央视的记者也前来拍摄助兴。

以往的跑步，我都是在公园、操场或公路进行，路都是平坦的，偶尔会有些小坡。但这次灵山的跑步，第一段的 10 公里是在盘山公路上进行，上升高度是 650 米。

持续的上坡迫使大家都放慢了速度，刚开始的 2 公里，我不太适应，虽然速度很慢，但仍然觉得吃力，呼吸也急促。慢慢地，我在行进中调整呼吸，逐步找到了感觉，不但没有落后，还不时地超过几人。

在山里跑，空气清新自不必说，眼前的美景更是令人震撼。远处重峦叠嶂，云雾缥缈，右侧回头看去，我跑过的盘山路在我脚下，似一条围巾，飘落在绿色的半山腰，身穿五颜六色服装的跑者，好像上面流动的花朵，真是好看。在如此美妙的大山中奔跑，我感到活着是多么美好，追名逐利的我早已不在，还原生命本义的我，越来越强大。

一路上，我与跑友赵志强同行，虽然仅有偶尔的简短交谈，但却好似配合默契的战友，并肩前行。前面有一个大上坡，我俩的速度都慢了下来，我干脆改为大步走，看速度能否赶上他，但我的步子迈得再大，也赶不上慢跑的老赵，渐渐地，我落后了十几米，在上坡时，快走要比慢跑轻松多了。如果就这么走下去，我可能就会跑不起来了。于是我咬紧牙关，重新起跑，追上了老赵。

在10公里处的补水点，我拿了一瓶矿泉水，边喝边跑。喝了一半，我就把水瓶扔了，怕拿了它费力，因为马上要爬台阶了。几乎所有的人，到了台阶处，都无力再跑了，只能一个台阶一个台阶地快走。这已经不是在跑步了，是在登山。

以前我去爬香山，2300个台阶，最快的时候，25分钟可完成。可今天是跑步爬坡10公里后再登山，看着台阶，真感到有点力不从心。尽管如此，我依然一步一个台阶认真地爬着。

经过一片白桦林，眼前豁然开朗，一大片开着五彩小花的高山草甸出现在眼前，这里既有暖温带植被又有西伯利亚寒冷地带亲缘植被，杜鹃、丁香、榛子、黄花、玫瑰等竞相开放，新疆细毛羊、伊犁马、青藏牦牛在这里悠闲地游荡，远处的山间云雾缭绕。

我们登山的石阶，看不到尽头，像一把梯子，倚靠在起伏的山坡上，通向云雾中的天空。置身于此，如入仙境，我顿时忘记了疲劳，向上攀爬的每一步，都觉得脚下轻飘飘，人在晃悠悠。一阵寒风吹来，我差点倒下。我连忙停步站稳，过了一会儿才缓过神来。

大约10分钟过后，风过云散，艳阳高照。爬过百多个台阶后，突然一阵大雾飘来，眼前的景色好似被蒙上了一层白纱。眼镜片被雾气沾满，我两眼朦胧，想擦拭一下，可衣裤早就被汗浸透，找不到干爽处可用来擦眼镜片，越擦眼镜片越模糊，我干脆取下眼镜不戴，反而清楚些了。

看见前面一个山头，我以为是顶峰了，赶紧加快步伐，但到那一看，顶峰依然在远方。时间已到正午，一身浸透的我被寒风吹得直打战，乏力感和饥饿感一齐袭来，看见路边农民在卖黄瓜，我赶紧买了一根，迫不及待地吃了起来，边吃边攀爬着台阶，这根黄瓜给的补给，也陪我走完了这最后的一段山路。一共 3.5 公里的爬山路，上升高度是 700 米。

12 点 38 分，总计里程 13.5 公里，上升高度 1350 米，经过 2 小时 19 分的奔跑和攀爬，我终于到达了海拔 2303 米的灵山顶峰。

站在北京的最高处，极目四望，白雾茫茫，虽然什么也没看见，但十分开心。

一周年

时间：2012. 7. 27—2013. 7. 26

马拉松成绩：3:59:45（2012. 9. 22 北京 练习跑）
　　　　　　3:57:23（2012. 12. 8 广州 练习跑）
　　　　　　3:50:04（2012. 12. 15 海南）
　　　　　　3:32:59（2013. 1. 5 厦门）
　　　　　　3:42:24（2013. 5. 25 天津）

跑步地点及次数：北京（250）
　　　　　　　　多伦多（48）
　　　　　　　　常州（13）
　　　　　　　　长沙（8）
　　　　　　　　上海（7）
　　　　　　　　厦门（6）
　　　　　　　　波士顿（5）
　　　　　　　　广州（5）
　　　　　　　　海口（5）
　　　　　　　　大连（4）
　　　　　　　　西安（4）
　　　　　　　　漠河（3）
　　　　　　　　兰州（3）
　　　　　　　　哈尔滨（2）
　　　　　　　　昆明（2）
　　　　　　　　文山（2）
　　　　　　　　儋州（1）
　　　　　　　　天津（1）

跑步：一周年

最佳成绩：1 公里：04:02
　　　　　5 公里：22:17
　　　　　10 公里：45:10

总时间：425:40:06
总天数：365
总次数：372
单次平均里程：12. 69km
平均配速：5:30/km
总热量消耗：304066cal

一年跑了 4624 公里

08

2013/07/26　有数据记录的跑步一周年

我的跑步从 2012 年夏天开始。购置跑步手表，开设跑步网页，有数据记录的跑步则从 2012 年 7 月 27 日开始。

从 2012 年 7 月 27 日至 2013 年 7 月 26 日，一年的 365 天中，我的跑步数据见左图：一年中的 372 次跑步，250 次在北京完成，122 次在国内外的其他 18 个城市完成。一年跑过的 4624 公里，比从我国最北的黑龙江漠河到南方的海南三亚之间的距离还要长。

2013/07/28　北京奥森

天气预报说今天白天最高气温是 37 摄氏度，最大相对湿度为 84%。

北京跑吧在奥森组织训练，备战 10 月 20 日的北京国际马拉松赛（后文简称北马），这是一次 20 公里的训练。对在高温、高湿、高强度下的训练，我是有所准备的。最近一个月，北京一直很热，我每天晨跑的配速基本都在 5 分以内，这比以往有较大的提高。今天与高手们一起跑，可检验一下自己训练的效果。

吸取上次灵山跑被晒脱皮的教训，我戴了帽子，在手臂和腿上都涂了防晒霜。6 点半，大家陆续到达奥森南门，版主宁静在热情地张罗，大概有四五十人参加今天的训练。

合影之后，按照马拉松目标成绩 330、400、430 和 500 分组，宁静指定了各组领跑的"兔子"。7 点准时开跑。

我选择了速度最快的 330 组，这个组共 8 人，看上去年龄二三十岁的有二三个，四十多岁的有三四个，我想，56 岁的我应该是其中年龄最大的。我紧跟"兔子"野骆驼跑着，看了一下手表，配速已进到 4 分 30 秒，由于是刚开始的跟跑，还是觉得比较轻松。有人说，这个速度有点快，于是"兔子"略微慢了一点。我不时地看手表，发觉今天跑的速度比我平时的速度要快。第一圈 5 公里用时 23 分 47 秒，配速为 4 分 46 秒。

喝了几口水后，我开始了第二圈。太阳无情地烘烤着地面，气温快速上升，昨天下雨留下的地面积水也在蒸发着，奥森南园周长 5 公里的圆形跑道像个大蒸笼，我们这些跑者就像在大蒸笼里被蒸着的小馒头，一个个都湿淋淋的，但仍在不屈不挠地跑着。充满活力的"兔子"，似不知疲倦的机器，步伐轻快地领跑。我紧跟"兔子"的背影，有节奏地跑着。第二圈 5 公里用时 24 分 09 秒，配速为 4 分 50 秒。

第三圈开始，有两人放弃了，我们 6 人继续上路开跑。今天的天气真是热，10 公里跑下来，衣服裤子早已被汗浸透，我太阳帽的帽檐像江南小雨时的屋檐，滴答滴答在掉水。汗水将上次被太阳暴晒发红的皮肤表皮都浸泡得起皱了，我用毛巾擦了一下手臂，所擦之处，表皮脱落一片。这时，我想起了蚕蛹化蝶。每一个蚕蛹化作蝴蝶的过程，都充满了痛苦的挣扎。生命，以一种痛苦的方式释放美丽。蝴蝶翩翩，只是为了能够在阳光下飞舞！烈日之下，我们在挣扎，我们在追求。但愿我的蜕皮能助我到达人生新的境界。

这个 5 公里，我逐渐感到吃力，与领跑的"兔子"拉开了距离，先有 10 多米，后来就有 20 多米了。脑子里曾

7.19 贵州黔岭山

闪过跑完这圈就放弃的念头，但很快就被我否定了，中途放弃，这不是我的性格。这一圈用时 24 分 40 秒，配速为 4 分 56 秒。

到了饮水处，我一口气喝完了一瓶水。有跑友说，你衣服上的汗水大概有两斤了，我脱下上衣，轻松地拧出了一大摊汗水，没有秤啊，不知道有多重。

再上路跑第四圈时，又有两人放弃，只剩 4 人了。两个年轻人领先。和我一起跑的跑友鹅毛，功力不浅，不久要参加门头沟百公里越野赛。和我跑，我觉得他在放慢速度照顾我，于是我赶紧加快一点，以免耽误别人，我们俩并肩前行。没有紧跟在别人后面，我有暇四处张望，路边的小花盛开，路上跑者的衣服五彩缤纷，在绿色树林衬托下格外夺目。我今天穿的是荧光橙色的上衣，在太阳的照耀下，十分鲜艳，应该也是跑道上亮丽的一点。

今天的长跑，全程都在蝉鸣声的陪伴下进行，到后面，有些地方的蝉鸣声一浪高过一浪，真有点震耳欲聋的感觉。小时候听大人说，天越热，蝉叫得越响。可天越热，对跑者来说，体能消耗越大，困难越大。渐渐地，我已看不见两位领跑的"兔子"了，和我一起跑的鹅毛也在我前面 10 多米远处了。我咬紧牙关坚持着，最后一圈 24 分 38 秒完成，配速为 4 分 56 秒。

今天我和我们这个团队在奥森的四圈，只超过别人，未被任何人超过。我常去奥森跑步，从没有过 20 公里长跑从起跑到结束未被别人超越的经历，我要感谢领跑的"兔子"野骆驼和最后一圈陪我跑的鹅毛，没有他们的帮助，我今天就不会有这样的成绩。结束完 4 圈，跑表显示里程 20 公里。我没有停歇，继续跑了 1.1 公里，凑足了一个半马，最终成绩为：里程 21.1 公里，用时 1 小时 43 分 06 秒，配速 4 分 53 秒。

天下跑者是一家 09

2013/08/06　多伦多大学

多伦多大学无大门无围墙，开放式的校园与多伦多最繁华的闹市区连在一起。那绿树成荫、鲜花怒放的美丽校园，那历经百年、优雅而沧桑的古典建筑，给我留下了深刻的印象。以往来多伦多，我都会来这里走走看看，感受一下这里的氛围。

这一次来多伦多大学，我不是走着看，而是跑着看。在校园里跑过几条道后，我到了一个巨大的中心草坪，看见有人在踢球，有人在玩飞盘。在周边的小道上，三个年轻人结伴跑步而来，我跟上，但他们跑得太快，很快被套圈，哈哈，被年轻人超越的感觉很好！

2013/08/20　多伦多安大略湖边

由北京来加拿大多伦多已是第三周了。除了每天晨跑10公里外，我每周还跑一个半马。本周的半马我在安大略湖边进行。

多伦多是加拿大最大的城市，其最繁华的中心是南部安大略湖边的地区。8月20日早晨6点多，我从北约克中心乘地铁，由北向南，经过15站，大约半小时左右，到了湖边。我选择湖边的多伦多电视塔作为跑步的起点和终点。多伦多电视塔高553.3米，于1976年建成，1996年吉尼斯世界纪录将其认定为"世界最高的建筑"。

　　大约7点，我从电视塔出发，沿湖由东向西，开始我的半马跑。在城中心的湖边，船码头一个连着一个。停泊其中的有大型的观光游览船，更多的是私家小型游艇。海鸥时而在湖面飞翔，时而又降落到湖边的草地相互追逐嬉戏。曲折地跑过几个码头后，我离开了闹市区，随着我不断地往西跑去，我看到，房子越来越矮，道路越来越宽，绿地越来越大。

　　大约3公里后，湖边出现了栈道。跑在栈道上，听着吱嘎的声音，感觉很好，我不由地加快了步子。再往西跑，沿湖又有了一条中间画着蓝绿双色线条的小道，这个小道很长，我没看到尽头，是专门供跑步和骑自行车的人使用的。

　　我沿着这条小道奔跑，不断地遇到对面跑步过来的人，不时地超过同方向跑步的人，虽然彼此陌生，但同为跑者，似乎又很熟悉。大家都穿着相似的跑步服装，迈着同样的步伐，甚至有着同样坚定执着的神态，尽管肤色不同，语言不同，但跑在路上，天下跑者是一家。相互见到，一个微笑，一声问好，虽然仅是只言片语，擦肩而过，却让我心中充满了温暖。

　　在跑过一片沿湖树林之后，我看见一位母亲骑车伴随着女儿在跑步。母女俩金发碧眼，女孩大约十三四岁，跑得很快。我紧跟一段，手表上的配速显示为5分，我提速追上了她们，她俩同时回头，微笑着与我打招呼，我对女孩说："你真棒，跑得很快！"超过她俩之后，我继续西行。

　　面对一望无际的安大略湖，蓝色的湖水，飞翔的海鸥，细软的沙滩，我好似置身于大海边。

　　跑过11公里后，全身湿透的我原路返回。此时太阳高悬，气温上升，返程的路我要迎着太阳跑。在折返时，我

8.7 多伦多大学

8.13 多伦多中心岛
8.24 多伦多悬崖公园

遇到了一个年轻的黑人女孩在跑步，她身材苗条，步伐轻快，满身大汗，一看就是跑步高手。

她在前面跑着，我在后面跟着。配速4分50秒，我始终落后她三四十米。她的速度很均匀，我努力提速，想追上她。3公里后，我的配速提到了4分30秒，终于赶上了她。相互打过招呼后，我说："你跑得好快啊，我追了你3公里才追上。"她说："你比我跑得好，你跑得更快啊。"我问了她还准备跑多少并告诉她我准备跑到哪里，便和她一边跑一边聊了一会儿。

我俩并行跑过一段后我独自前行，两公里后我回头，发现她在我后面三四十米，再跑过一公里后我回头，看见她已停跑在做拉伸。看见我回头，她向我挥手告别，我也向她挥了挥手。

又跑了一会儿，我看见多伦多电视塔了，快要到终点了。此时，一个白人小伙子，牵着一条半人高的大狗，从我身边快速跑过。我跟上，手表配速显示为4分30秒。当我接近他们时，狗看见我要追上，它加速跑到了那小伙子前，由原来的人牵狗跑，变为了狗拉人跑。在速度越来越快的奔跑中，我回到了起点，完成了半马，用时为1小时46分33秒。

此时，时间已近上午9点，到了上班高峰时段。地铁站的人群蜂拥而出，路上的行人都在快步行走。汗流浃背、身穿橙色跑步服装的我，悠闲地漫步其中，在人群中显得十分另类。在加拿大皇家银行总部大楼门前的广场上，我做着跑后的拉伸运动，目睹着西装革履的白领们步入大楼上班。

8.24 多伦多悬崖公园安大略湖边

心灵最安静的时候

10

2013/09/15　内蒙古乌兰察布

　　2013年内蒙古自治区半程马拉松比赛于9月15日在乌兰察布举行。我应朋友之邀前往参赛。组委会专门安排汽车到北京接选手，我和天蓝、潜艇、普渡3个跑友还有我的摄影师朋友侯哥一同前往，天蓝被组委会聘为了赛道总指挥。

　　乌兰察布市位于晋冀蒙三省区交界处，在内蒙古12个盟市中是距北京最近的，大约450公里。

　　我早晨5点多起床时，天还没亮，气温大概只有六七摄氏度，值勤的保安甚至穿上了棉衣。没过多久，东方露出了鱼肚白，接着，太阳冉冉升起，大地披上了金色的外衣。

　　8点在起点处热身时，天空湛蓝，人声鼎沸。四五位黑人选手、全运会女子马拉松第4名和第6名两位高手、20多位包头体校的专业运动员都站在了起跑线的最前沿，我也凑热闹挤到了其中。发令枪响，所有人都嗨翻了天，呼喊着向前猛冲，我担心被他们撞倒，只好加劲朝前跑。大约500米后，拥挤着跑步的人群逐渐散开了。

　　我放慢了脚步，将配速调整到4分30秒。此时，一位身穿白色上衣，看上去20岁左右的女孩气喘吁吁地追了上来。"你跑太快了吧？"我说。她说："没想到没到9点就开跑，我都没在起跑处，看见你们跑了，我才赶过来。"我说："你不要着急，调整一下呼吸。"她告诉我，她是北京体育大学的学生，专业是人力资源。因为喜欢，4个月前开始练习竞走，跑步最多跑过8公里，这是她第一次跑半马。她男朋友也来参赛了，早就跑到前面去了。

我与那位女孩一起跑了大约5公里，她的速度逐渐下降，我和她打了招呼就加速前行了。在终点处，我见到了她的男朋友，名叫阿布，中文流利，是前伊朗国家队的，本次71分钟完赛，名列第11名。

此次半马的赛道海拔1350米左右，累计爬坡100米，沿途景色很美。有好长一段路沿着河，看着眼前的蓝天碧水，吹着秋天的小凉风，我想起了古人的文句：秋水共长天一色。赛道虽好，但是观众很少，有些路段根本没有人，只有在岔路口才能见到一位维持秩序的警察。一位跑友说，跑步的人比观众还多，这十分少见。

在我前面有三人结伴而行，两男一女，那女的大概50多岁，我曾在奥森见过她。她跑得不慢，我配速4分50秒跟随他们近1公里，才超过了他们。

在8公里里程牌附近，号码为0008的黑人选手停跑走着，我看了他一眼，十分不解。再往前跑1公里多，9公里里程牌刚过，号码为0009的另一位黑人选手也停跑走着，右脚没穿鞋，右手提着鞋，看着他，我更觉奇怪，难道他们抽筋了？或是鞋子不合脚？才跑了不到10公里，这些长跑高手不至于撑不住吧。不管怎样，在半马的半程，我超过了两位黑人选手，多难得啊！这对我多少是个鼓舞。

在一段路的左侧，有一大片怒放着的烂漫小花，粉里透红，我看着十分眼熟。一个月前，我在多伦多中心岛跑步时看见过同样的花。还有一处赛道，与我去年12月在海南儋州跑马的赛道十分相似，路旁是建筑工地，一排戴着安全帽的工人站在人行道上看着在奔跑的我。眼观相似的

9.15 内蒙古乌兰察布马拉松赛

场景，我似乎有点恍惚，一时不知自己身处何方，但我知道的是，我是跑者，我在跑着。

接下来的赛道，有连续几个弯道，每到弯道，我都要走捷径，能省一步是一步啊。在我前面的是一个外貌和穿着都很酷的中年女子，我在起点见过她，后来听朋友说，她是练铁人三项的。跑了15公里了，她还在我前面，真是功夫不浅啊，我奋力追上并超过了她。其实，男人超过女人不稀奇，落在后面却有些丢人，但遇到多才多艺的女强人，不服输还真不行。

赛后，在领成绩单的酒店大堂里，这位中年女子坐在钢琴前，优雅地弹起了《致爱丽丝》，真是让我佩服。我让摄影师拍下了此景，照片的标题可叫作"跑者琴声"。

又超过两位结伴而跑的人后，赛道总指挥天蓝坐的车迎面向我慢慢驶来，他挥手朝我喊道："加油！"我回应了一声加油，加快了步伐。没过多久，我遇到了一位比我大几岁的跑者，我俩在北京上车前曾有过交谈。我说："你跑得真快。"他说："我前面跑太快了，现在掉速太多。慢慢来，不着急。"我与他挥手告别，继续前行。

跑马拉松的过程，是心灵最安静的时候。若要问我在这段时间想了些什么，我还真说不出太具体的答案。但每次我都会在奔跑进入巡航状态时想起家人，每当此时，我都会泪流满面，是高兴？是牵挂？是伤感？好像都不是，又好像全都是。赛后，我给家人发了短信：我在路上，你们在我心里。

离终点不到3公里了，我想追上前面衣服上写着"国资委"字样的小伙子。当我要追上他时，他快跑不让。在补水点，我俩都停下喝水。我喝了两口赶紧开跑，小伙子紧跟，我提速。我对不让他超过我还是有信心的，因为他比我胖，腿比我粗，人家在负重跑啊。

在最后的 1 公里，我仅看到前面一位穿红马甲的跑者，超过他后，我向终点冲去，等候在那里的摄影师朋友侯哥举着单反对着我连拍，我时而挥手，时而举拳，笑容挂满全脸，最后 1 小时 46 分 10 秒完赛。

此次比赛的参赛人数比较少，仅 300 人左右，我经常前后看不到人，这使意志不够坚强的我容易松懈掉速。虽然 8 公里以后，我超过了我能看见的所有人，但仍没有达到我平时训练的最好成绩。赛后，跑友潜艇对我开玩笑说："你要是看见我，肯定我会被你超。"可是他跑得太快了，我连他的影子都没看到，怎么去超呢？本次比赛的男子冠军成绩为 1 小时 03 分，女子冠军成绩为 1 小时 11 分。

2013/09/28　北京西山

在北京山地马拉松的出发牌楼前，80 岁的父母和 56 岁的我站在一起合影留念。跑友老鞠按下了相机的快门，这一温暖而难忘的场景被记录了下来。

50 多年来，伴随着父母无数次的送别，我行走在汗水和泪水之中、故乡和异乡之间，逐渐成长，为人夫，为人父，今年女儿都 26 岁了。但不管我多大，走多远，在父母眼里，我永远是他们长不大的儿子，他们总是对我千叮咛万嘱咐。

今天，在马拉松的起点，父母又一次为我送行，这是多么难得。我的内心无比激动，无比幸福。此时，我仿佛看见了 30 多年前，不到 50 岁的父母送我去农村插队、送我去异乡上大学的情景。真是历历在目，终生难忘。

2013 ASICS 亚瑟士北京山地马拉松于 9 月 28 日在北京西山国家森林公园举行。公园位于北京西郊，地跨海淀、

9.28 ASICS 亚瑟士北京山地马拉松

石景山、门头沟三区，总面积5970公顷，距城区20公里。

我来北京近20年，只是听说过西山，从没去过。此次在这里举行山地马拉松，我知道后很快就报了名，一是作为20多天后的北京马拉松赛的训练，二是去看看西山。特别让我高兴的是，前几天，父母来京小住，他们与我同行。

早晨6点50分，我们开车前往。到了起点牌楼处，参赛的人已到了不少，大家忙着照相留念。我父亲拿着相机为我拍了好几张，还说："你看行不行，若拍得不好，我重拍。"

赛前半小时，领操员带领大家做热身操，八九百人摩拳擦掌，热力四射。我边做操边不时地回头看看坐在后面的父母，心里充满欢喜。在起跑点等候开赛时，我看着远处的父母，向他们招手。

8点15分发令枪响，大家在公路上起跑。刚起跑就遇到大上坡，跑友们都说这是下马威。我放慢脚步，小步跑行。一些穿短袖比赛服的人飞快地向前冲，真牛，他们是跑5公里项目的，大家都让他们，不和他们比。

上坡接着上坡，到4公里处的一个上坡，几乎所有人都停跑开始走着，我看到高手单盈也在走。后面的路，基本上大家都是走走跑跑。接下来，赛道离开公路，拐进了碎石山路，崎岖不平，坑坑洼洼，每一步落脚都得小心。

我站住向前远望，一条细长的山道蜿蜒向空中伸去，上面星星点点状的跑友们在缓慢地向前移动。回头向后看去，跑友小丁出现了，我赶紧拿起相机为他留了影。他身后的人都在吃力地向上攀爬。

再往前走，赛道变成了羊肠小道，仅容一人通过，后面的人想超越都不行，我一直紧跟单盈。小道两边的树枝杂草比人还高，有些还挡在道中，双腿穿过杂草，不时地会被划伤，我真后悔没穿长裤。接着，为了躲避一块小石头，我右脚打滑，人倒下，左膝跪地，幸好左手落地支撑，但左膝还是擦破了皮，出了点血。我活动了一下，发现没什么事，继续前进。

跑着跑着，我突然觉得这赛道好似浓缩的人生之路，曲折而复杂多变，未来的状况是未知的，不小心是会摔跤的，只有内心和体能都强大的人，才能顺利通过。

在半程和全程的分道处，我停下喝水，等候跑友老鞠，今天我俩约好只跑半程。接下来的路基本都是下坡，公路为主，台阶为辅。因为不在乎成绩，我感觉十分轻松。

我们边跑，边聊，边看景。远处的群山在雾气的遮挡下，层层叠叠，似有似无，眼前的盘山路弯弯曲曲，一个下坡连着一个下坡。有一处窄窄的小道好似挂在半山腰，真是好看，我和老鞠停下相互照相。

最后一段赛道出了公园，上了香山南路，方向由北向南，大约 2 公里。一上平坦的公路，我就加速奔跑，配速最快到了 4 分 35 秒，超过了我能看见的所有人。

到达终点后，志愿者为我挂上了完赛的奖牌。父母笑逐颜开地在等我，见到他们，我仿佛回到了家。胸挂奖牌的我像个小孩，兴奋无比，双手高举，与父母在终点处合影留念。我右边的父亲头发全白，左边的母亲头发全黑，中间的我，头发黑白相间。大家脸上的笑容却是一样的灿烂。

这次比赛总计里程为 16.18 公里，累计上升高度 532 米，用时 2 小时 07 分 15 秒。

跑进了 330

11

　　马拉松赛是跑者的盛大节日，首都北京的马拉松更是全国跑者心向往之的比赛。今天距 2013 北京国际马拉松赛还有 10 天。经过炎热夏天和之前更久远的艰苦训练，年跑量 4620 公里的我，在金秋时节终于等来了这一天。

　　在这倒计时还有 10 天的今天，我感到前所未有地轻松。几乎在所有的考试或比赛前，参与者都是加倍地忙碌或紧张，而在马拉松赛赛前，最好的准备方式是休息。为比赛储存体能，让疲劳的肌肉恢复。

　　这是我从去年 5 月开始跑步后参加的第五个马拉松赛，前四个都是在外地。这次是在北京，在我生活的城市，是我的主场。这怎能不让我为之兴奋？

　　那熟悉的马路、熟悉的河流、熟悉的桥梁、熟悉的房子、熟悉的树木、熟悉的公园，还有比赛最后要进入的奥森南园，都是我无数次去过的地方。特别是玉渊潭和奥森，我把每天的早晨都献给了它们，脚印见证了我的坚持，汗水陪伴我走过了四季。

　　说了那么多的熟悉，其实，最让我难忘的是这里熟悉的人。一年多的晨跑，常去玉渊潭公园晨练的人几乎没有不认识我的，彼此的一句早上好，简单而又亲切，消除了陌生，拉近了人与人之间的距离，我只要几天不来，就会被人惦念。从北马开始报名到今天，大家都不断关注着、议论着，说要为我去喊加油。所有这些，都让我倍感温暖。

　　每周一次在奥森的跑步，特别是加入了北京跑吧后，让我结识了许多的跑友，大家为了一个共同的爱好跑到了一起，简单、纯粹、健康、快乐。时间长了，熟悉的面孔越来越多。去外地比赛，常见北京跑友，此次在北京比赛，最后六七公里又在奥森，北京跑友大聚会，好似又一次周末活动啊。

　　在赛道上，认识我的人未必能看见我，为我喊加油的人我也不一定认识，但他们都是和我生活在同一座城市的人，在他们面前跑步，我如同又一次晨练，轻松而愉快。

　　特别让我感到高兴的是，80岁高龄的父母，不久前来北京，陪伴我参加2013年的北马。有父母陪伴的跑步，我心里踏实，感觉这是在家里的跑步，这对我来说是莫大的幸福。

2013/10/13　北京奥森

　　"贾超风来了，马拉松冠军贾超风来了！"

　　穿一身大红色运动服，带细丝无框近视眼镜，皮肤白皙，身材苗条，贾超风一脸笑容地来到了我们中间。

　　1988年11月16日出生的贾超风在2012年北京国际马拉松赛中以2小时27分40秒的个人最好成绩获女子冠军，在2013年全国运动会马拉松赛中以2小时29分45秒获女子冠军。

　　今天是北京马拉松开赛前的最后一个周末。奥森南园热闹非凡，众多的体育品牌公司、跑步团体、机关单位，在这里组织活动，这边锣才敲响那边鼓又擂起，跑友们个个兴高采烈，奔跑着，为一周后的北马做准备。据说，今天来这里的人数大约有一万。

北京跑吧为这次马拉松赛组织了北马训练营，今天是赛前的最后一次集体活动，为此，特地邀请了贾超风，为我们最后一周的训练做指导。她先对赛前一周的训练和恢复做了讲解，接着回答了大家的问题。讲完之后，带领大家做热身活动，合影留念之后，和大家一起跑步。

我和3位跑友计划以330的配速跑半程。我一直领跑，开始时有点快，略慢一点后继续。我不时地看着表，不能让配速慢过5分。渐渐地，10公里以后，配速到了4分49秒。我尽量以此配速匀速跑，因为我的北马成绩若要突破3小时30分，必须保持此配速，当然，这里面还留有余地。最后我1小时42分跑完半程，平均配速为4分49秒。

2013/10/20　北京马拉松

3小时27分38秒，2013北马终点计时屏显示的这一时刻，我冲过了终点线。跑进3小时30分的目标终于实现了。

今年1月5日，练跑半年的我，在厦马，意外地跑出了3小时32分的成绩。从此，在10月20日的北马，跑进3小时30分，成为了我的新目标。为了这一天的到来，我准备了289天。为了让成绩提高2分钟，我跑了321小时。为了这一瞬间的喜悦和自豪，冬、春、夏、秋的10个月中，我跑过了3540公里。

比赛开始前两天的18日，北京天气重度污染，污染指数超过了300，大家的脸上乌云密布。19日上午，三四级北风刮起，下午蓝天白云出现，空气质量转为优，跑友们都高兴坏了。

20日早晨微风，最低气温6摄氏度，中午最高气温19

摄氏度。绝佳的马拉松比赛天气。真是天助北马，天助我也。

听说我要参加北马，今年年龄双双过 80 的老爸老妈，从老家来京照顾我的生活，陪伴我的北马。考虑到他们的高龄，我建议他们在家看电视直播。他们问我："电视里会有你吗？""肯定没有。"我答。于是，他们执意要去现场，看我跑步，为我加油，为我照相。

20 日早晨，我 3 点醒来，4 点半起床排空，5 点钟喝了两罐红牛维生素饮料，吃了两块蛋糕、一根香蕉、一支固体能量棒。

我 6 点离家。这时父母也起床了，他们对我千叮咛万嘱咐，要我注意安全，不要太拼。

6 点 20 分与老鞠和老袁两位跑友打车到了前门。从出租车上下来，在通往天安门广场的路上，到处都是来参赛的人，大量的警察在各个路口和地下进出通道维持秩序。只要亮出胸前的参赛号码布，便可一路畅通。我对同行的跑友说："今天胸前挂参赛号码布的跑者，是北京城里的牛人，是主角。多少人，为了我们今天的跑步，起了大早，在操劳，在忙碌，真要谢谢他们。"

在正阳门北边的广场上，北京跑吧的跑友们陆续前来会合。大家纷纷合影留念，各自找到自己的队伍和领跑的"兔子"。我跟跑的"330 兔子"是丝瓜。脱下长衣长裤存包后，还是有点冷，我穿了件一次性雨衣。

在拥挤的人群中，我没有看见丝瓜，只好缓缓地向起点牌楼走去，其实根本走不起来，只是一点一点地向前移动。此时，我看见了瓜瓜，她本次目标也是冲击 330。我想，找不到"330 兔子"，和她一起跑也行。

7 点 30 分，广场上音乐响起，领操员在台上带领大家做热身操。有人大喊："太挤了，动不了，没法做。"领操员说："身子动不了，双手高举过头活动。"音乐停了以后，大家的眼睛都盯着开赛的倒计时钟。

开赛前，我收到我爸发来的短信，说他和我妈已在西长安街人民银行总行大门前等候。

离开赛还有 5 分钟，一阵困意向我袭来，今天我醒得太早了，于是我闭目养神。8 点整，倒计时钟清零，发令枪响，计时钟开始计时。人群缓缓向前移动，我用了 1 分 33 秒才过起点线，这一刻，我按下了我的跑表，我的北马开始了。

身穿五颜六色服装的 3 万跑者，浩浩荡荡地由天安门广场向西长安街跑去，好似一条巨大的彩虹飘进了长长的街道。刚开始人多拥挤，根本跑不开，我左突右跳，生怕被地上的饮料瓶和雨衣绊倒。跑到天安门前，我认真地看了一眼，从来没有跑着看过天安门，我仿佛觉得毛主席在对我微笑，他老人家是多么慈祥。

我看了一下跑表，配速已在 6 分以外，我赶紧提速，想把耽误的时间抢回来。看着我加速，瓜瓜说："王老师，你先跑，不用等我。"于是，我迅速将配速跑进了 5 分。

8 点 25 分，我看见了在西长安街人民银行总行前等候我的老爸老妈。我对着他们大喊："爸妈我来了！"我面带微笑，双手展开，好似要扑向他们的怀抱。我爸立即按下了相机快门，我妈微笑着对我喊加油。

我曾经说过：每天醒来，发现自己还活着，还能跑步，我就是这世界上最幸福的人了。今天，80 高龄的老爸老妈陪伴我的北马，到现场为我照相，为我加油，我是这世界上最最幸福的人！

复兴门、月坛、三里河、车公庄都是我十分熟悉的路，我轻松跑过。过了花园桥向西，我靠右边，边跑边寻找事先约好在此等候为我照相的朋友慧靖，直到跑完玲珑路，我也没见到他。当我正要右转去蓝靛厂南路时，我突然发现左边转角处有许多观众，我想，他可能会在其中吗？为了不错过，我快速向左边冲去，"王老师来了！"他对着我大喊。说时迟那时快，他用长焦镜头对着我，快速连拍，将我跑过的一瞬记录了下来。时间是9点3分，在12公里处。

接下来，进入了蓝靛厂南路，这段路是我每天上班开车都要经过的路。路的左侧是昆玉河，昆玉河的北端是颐和园的昆明湖，东南端是玉渊潭，我家就在河附近。跑着这熟悉的路，看着这熟悉的河，我逐渐进入状态，前十几公里的平均配速已经进入5分。

大约在13公里处，我追上了阿迪的"330兔子"。跟随他的是一群大约有三四十人的酷跑团方阵。我一阵狂喜，总算找到目标"兔子"了，我要全程跟随，确保跑进330。

"兔子"一般都是经验丰富的高手。跟着"兔子"跑，只要跟住，就万事大吉。但简单的一句跟住，实现起来并不容易。平时的训练如何，在赛时都会有相应的反映。好在我之前近两个月的训练，平均配速都在4分45秒左右。跟"330兔子"跑，平均配速为4分54秒，我并不觉得吃力。

众多的人步调一致地前行，我们的队伍十分壮观，像一堵厚实的人墙在向前快速移动，几乎要把原本不宽的蓝靛厂路充满，所到之处，被我们追上的人只好靠边退让。

前几次马拉松，我吃的是固体状的能量棒，在跑动中吞咽困难。这次北马开赛前，跑友米花给了我4支果冻状的能量胶。跑到15公里时，我吃了第一支，吞咽方便，口感很好。后面我每5公里吃一个，从而为持续的奔跑补充了能量。

戴着墨镜的"330兔子"以均匀的速度领跑，他不说话，不喝水，不补给。我想，你不喝水，我也不喝，紧跟你。

10.20 北京国际马拉松赛

大约在 25 公里时，一直在"兔子"左边伴跑的女跑者去喝水了，接着，她手里拿了一杯水快速地追上来，嘴里还不停地念叨着："跑得太快了，太快了。"追上我们后，她把水杯递给了"兔子"。

看见"兔子"喝水了，我也赶紧去取水，飞快地拿了水，边跑边喝，然后丢掉水杯，提速追上"兔子"，继续跑行。

接下来，我看见在我们前面不远处，还有一个高个子的阿迪的"330 兔子"在领着一群人跑。没过多久，我们两支队伍就会合了。两只一家的"兔子"并肩而行，周围跟随的队伍更加壮观了。

这位高个子"兔子"十分活跃，他不断地与跟随的跑者进行互动。遇到上桥的大坡，"兔子"提示大家低下头跑。跑了一会儿，他又领着大家齐声高呼：加油！顿时加油声震天，极大地鼓舞了大家。

到了北五环的 31 公里处，高个子"兔子"大声对大家说："离终点还有十几公里，只要大家保持速度，跟着我，跑进 330 没有问题。"从 13 公里到 31 公里，我跟着"330 兔子"跑了近 20 公里，感觉比较轻松，31 公里的平均配速为 4 分 54 秒。我想，只要跟住并保持配速，进 330 是有希望的。

由于自我感觉体力还行，我试着超过兔子，可没多久，"兔子"带领的队伍又追上来了。一起跑过一段路后，我又加速，在"兔子"前面领跑，有人拍下了 34 公里左转处我领跑的照片。

虽然气温只有十几摄氏度，我仍然跑得汗流浃背，额头上的吸汗头巾被汗水浸透，我边跑边取下来拧了三次，每次都拧出许多汗水，在阳光的照耀下，飞舞的汗珠呈现出绚丽的色彩。

10.20 北京国际马拉松赛

进入由南向北的奥运景观大道，观众顿时多了起来，加油声不断。此时，在我右边的赛道上，我看见风筝和浩子正冲向终点。天哪，他俩比我快了六七公里。

进入奥森南园，一阵凉风吹来，我不禁打了个战。眼前的奥森，没有了往日的喧闹，园中没有一个观众，只有精疲力竭的跑者在静悄悄地跑着。

人们常说，马拉松的前35公里都是热身，真正的比赛是从35公里开始的。奥森是我每周跑步的地方，每次从这里起跑，都兴高采烈，而今天是跑了35公里后在这里开跑，虽然路还是那条路，湖还是那片湖，但看上去却有些陌生，跑起来也格外地艰难。

赛道旁，我看见了许多跑崩溃或抽筋的人，有走着的，有坐下的，还有躺在地上的。虽然我也感觉乏力，但没有出现撞墙的状况，长期的大跑量积累，为我的马拉松后程提供了体能的保障。我依然紧跟"兔子"，心里想"兔子"不是机器是人，我累他也会累。在南园的北边，我数了一下，先前"兔子"周围的三四十人，仅有七人了，我在其中。不能松懈，一定要坚持住，胜利在向我招手。

虽然是这么想，但跑起来却是十分地艰难。跑出奥森南园进入景观大道，离终点不到两公里了。我看见右侧大量向奥森南园跑去的人，他们还有7公里，而我快要到了，这对我多少是个安慰。我跑着，向前找寻着终点的牌楼。今天这短短的2公里，对我来说，是那么的漫长。

我加速，我竭尽全力，我拼了。伴随着观众一声又一声的加油声，我眼前仿佛出现了波士顿的暴风雪，海南岛的高温烈日。跑过严冬和酷暑的我，今天来了，这点痛算什么？我是强者！我在心里默默地自我激励着。

又一阵加油声在耳边响起，我好像听到老爸老妈的加油声也在其中。顿时，我力量倍增，步幅步频同时加大，耳边风声呼呼作响，配速达到 4 分 10 秒。在终点线端着相机等候的朋友慧靖，再次按下快门，拍下了我冲刺的情景。

最后，我 3 小时 27 分 38 秒完赛，实现了自己跑进 330 的愿望。冲过终点线的那一刻，我兴奋异常，自豪感、满足感充满全身。完赛后的第一时间，我给老爸老妈打电话，告诉他们，我安全完赛。接着，又给在远方等候的妻子打电话，告诉她，我挑战成功，创下新纪录。

令人兴奋、陶醉和难忘的北马结束了，我奔跑的脚步不会停歇。跑友们问我，下个马拉松赛在哪里？我说，下个马拉松赛在路上，在心里。

2013/10/30　北京奥森

深秋的晚霞，给奥森披上了金色的外衣。5 公里一圈的环状塑胶跑道，被绿草、黄叶、红花簇拥着，像一个巨大的花环。其中的湖泊平整如镜，静谧而安详，不时有一两只鸟儿从湖面掠过，划出细微的波纹。园中成片的银杏，十分夺目，落下的黄叶在阳光的照耀下，好似满地黄金。

下午 4 点，园中行人很少，很安静，伴随着西下的夕阳，我开始跑步。春夏秋冬，我都在这里跑过，可从没觉得这里有如此迷人的景色。10 公里跑过，心情舒畅，再跑 5 公里，仍然不觉得累，干脆跑了个半马才收工。

最后两公里的冲刺，我的配速进了 4 分。快速奔跑的我在想：跑快点，是否可以把自己融入这美景里，成为其中的一分子？假如可以的话，我愿成为一片云，悠游在她的天空，陪伴她的四季。

此时，举目四周，已是华灯齐放。我虽衣衫湿透，但

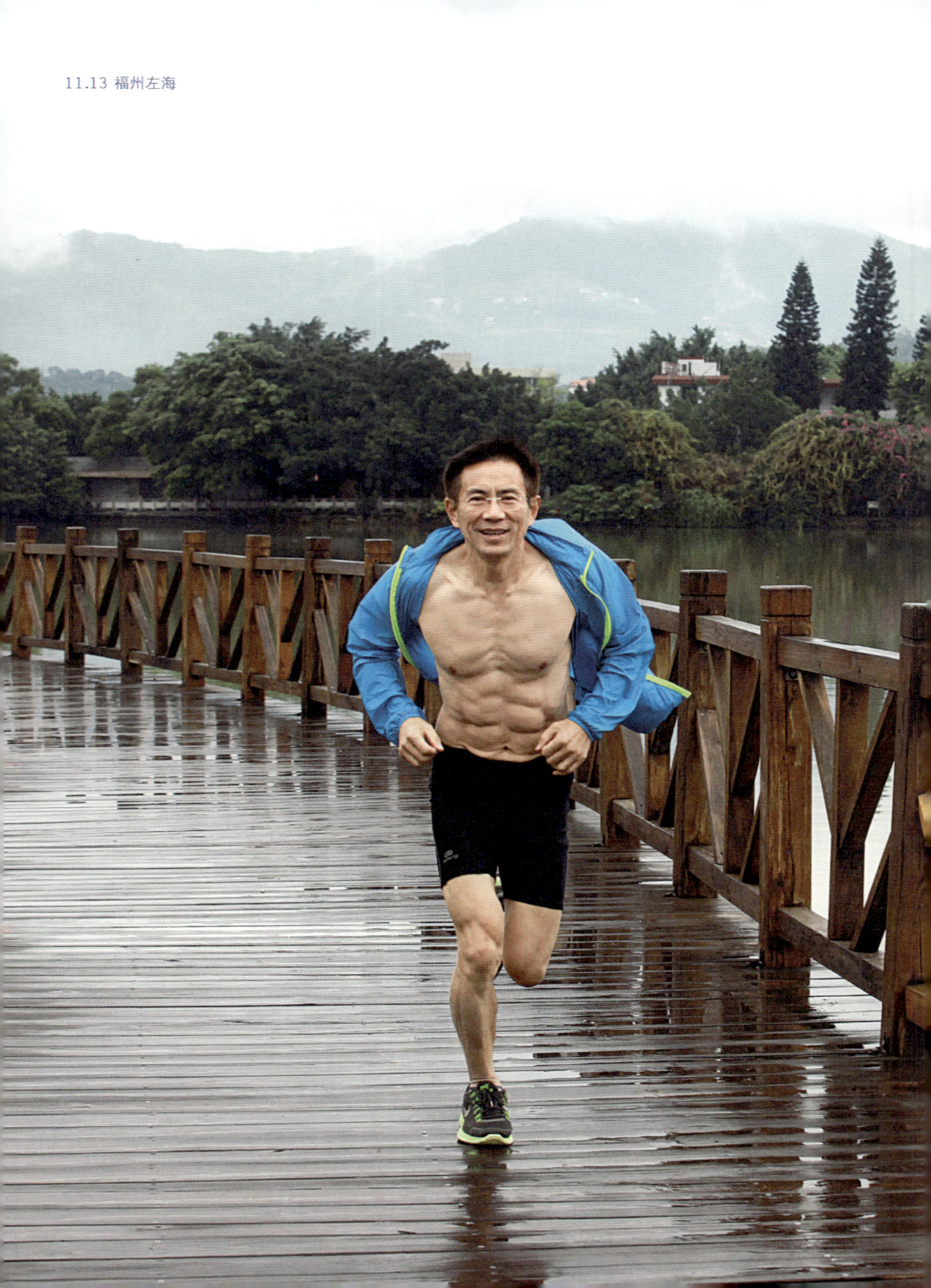

11.13 福州左海

人倍感清爽。21.1 公里，1 小时 40 分 41 秒完成，平均配速 4 分 46 秒。

2013/11/12　福建福州

18 年前的夏天，我乘长途汽车，由泉州到福州，然后再转乘飞机回到北京。18 年后的冬天，我从落叶满地，已经开始冻冰的北京，再次来到了福州。

从机场出来，天正下着绵绵细雨，湿润的空气迎面而来，满眼都是绿色，花儿依然鲜艳。虽然城里的建筑没有看出有什么特色，但这些建筑物周围起伏的青山、穿城而过的闽江、街道两旁根须倒挂的榕树以及不时飘来的桂花香味让我感受到了这座城市别样的魅力。

今早 5 点，城市还在睡梦中。我穿着短衣短裤从梅峰宾馆出发，在马路上奔跑。我看到出租车亮着灯在路边候客，清洁工在清扫路边的垃圾，一辆摩托车从我身旁驶过。跑过梅峰路、梁厝路，我到了闽江边。沿江跑了一段后，我右转上了洪山大桥。跑在桥上，低头看着脚下流淌的闽江水，抬头看着远处雾气中的山峦，我想起了去年冬天在长沙湘江大桥上的跑步。那桥、那水、那山是多么相似。时空可以转换，季节总会轮换，但不变的，是我奔跑的脚步。

我用 52 分 28 秒跑完了 10 公里，平均配速 5 分 15 秒。时间到了早晨 6 点，此时，路灯熄灭了，福州人该起床了，新的一天开始了。

6000km

490	12.25 km / 次	03:40 / km
54:48:12	05:27 / km	22:42 / 5km
396,695 cal		45:10 / 10km

12

6000 公里长跑成绩单

2013/11/16　北京奥森

从2012年7月26日至2013年11月16日的共计478天中，我跑完了6000公里。

16个月的春夏秋冬，我不停地在跑。从一开始痛苦地坚持，到之后习惯地守候，再到现在愉快地享受，我付出了很多，也收获了很多。

跑步锻炼了我的身体，磨炼了我的意志，修炼了我的精神。跑步已经成为我生活中不可或缺的一部分。

2013/11/24　江苏南京

前天飞抵南京，夜宿紫金山下的紫金山庄。山庄有小道可上山，山脚下还有一片湖水，山庄门前的路叫环陵路。早晨5点半，天还没亮，我就在环陵路开跑。路上无车无人，风吹得地上的落叶四处翻滚，两旁高低不同、错落有致的树木，把道路围得水泄不通，人行道被刷上了红色，却写上了"绿道"二字。跑过环陵路，转入中央门大街，我到了孝陵卫，看见了南京理工大学。进校园跑了一圈，道路两旁是高大的法国梧桐树，出校门折返，跑了20公里结束。

昨天，仍然天没亮就上路，沿环陵路往北跑，结果5公里后，就没有人行道了，只好折返。回到山庄内，环绕一个小湖跑了几圈，湖畔茂密的树林在不远处紫金山的衬托下，竟有点像野生的天然森林。

跑到 15 公里时，我停下看表，时间刚好是 7 点半，今日广州国际马拉松赛（后文简称广马）即在此刻开赛。接着，我又跑了 13 公里才结束，算是弥补了一下不能参赛的遗憾。

早餐后，打开电视，观看了广马快要到终点的男子第一方阵的冲刺，照例全是黑人选手。但跑在最前面的黑人女选手身边始终有一位中国男业余选手跟随，令人赞叹。跑友米花获得广马女子第 10 名，真是了不起。

今天，我和朋友侯哥一起向中山陵跑去。一路上，有好几个大坡，我们吃力地跑着，路边的池塘有人在钓鱼，山里的那份宁静，令人陶醉。

路两旁高大粗壮的法国梧桐映入眼帘。我曾好多次乘车从这里路过，每次都被这些树吸引，也曾经想过，有机会在树下走走或跑跑，那该有多好。

现在，我终于来了。这些梧桐树的年龄应该比我大，我看这些树的时间跨度也有 30 年左右了，若干年后，我会死去，我愿此树常青，愿树下的人安康。跑了 6 公里后，我们到了中山陵的第一个牌坊，上面写着"博爱"两字，我们在此拍照留念后，沿原路返回。

在紫金山庄住了 3 天，跑步 3 次，总计 60 公里。

时间：2012. 7. 27—2013. 11. 16

马拉松成绩：3:59:45（2012.9.22 北京 练习跑）
　　　　　　3:57:23（2012.12.8 广州 练习跑）
　　　　　　3:50:04（2012.12.15 海南）
　　　　　　3:32:59（2013.1.5 厦门）
　　　　　　3:42:24（2013.5.25 天津）
　　　　　　3:27:38（2013.10.20 北京）

跑步地点：北京
　　　　　　上海
　　　　　　天津
　　　　　　江苏
　　　　　　湖南
　　　　　　广东
　　　　　　海南
　　　　　　云南
　　　　　　贵州
　　　　　　陕西
　　　　　　甘肃
　　　　　　内蒙古
　　　　　　黑龙江
　　　　　　福建
　　　　　　辽宁
　　　　　　新疆
　　　　　　波士顿
　　　　　　多伦多

跑步里程：6000 公里

最佳成绩：1 公里：03:40
　　　　　　5 公里：21:42
　　　　　　10 公里：45:10

总时间：544:48:12
总天数：478
总次数：490
单次平均里程：12.25km
平均配速：5:27/km
总热量消耗：396695cal

11.16 跑步里程累积达 6000 公里

11.23 南京环陵路

13 为战胜自己干杯

10 月 20 日北马结束后的第四十天，2013 年最后一个月的第一天，我参加了 2013 上海国际马拉松赛（后文简称上马）。在 10 月的北马中，我以 3 小时 27 分的成绩，刷新了今年 1 月厦马 3 小时 32 分的纪录。40 天后的上马，我以 3 小时 20 分的成绩，再次刷新了我的记录。

2013 上马共有 3.5 万人参加，分别来自 83 个国家和地区，外籍选手有 5558 人。参加全马的有 8000 人，其中 6270 人在 6 小时关门时间内完赛，跑进 4 小时之内的有 2090 人。3 小时 20 分完赛的我，男子全程排第 457 名。

上海是我国最繁华的大都市。我出生在离上海不远的江南小城，从小就对上海十分向往。1977 年恢复高考后，我考上了长沙的一所大学。那个时候，从小城去长沙，必须要到上海转车。让我最不能忘记的是 1978 年 1 月的那一天，我外婆和母亲送我到上海，这是我第一次到上海。列车缓缓启动，我招手向站台上的外婆和母亲告别。那一刻，我在想，我已长大了，我要远行，男儿志在四方。

上海是我人生远行的驿站。4 年的大学，每年的寒暑假，我回家，都要从上海中转，一年两次，四年八次。后来大学毕业留在长沙工作，每年过年回家看望父母，仍然要先到上海。结婚成家后，一个人的上海转车变为了两个人的同行，女儿出生后，又变为了三人行。

1994年我到北京工作后，回家不需再去上海转车了，但我仍然常去上海出差。从1978年至2013年的35年中，我去上海的次数已经数不清了。我目睹了这座城市的变化。我喜欢上海，与上海结下了不解之缘。

去年夏天开始跑步之后，参加上马，在这个我人生的重要驿站奔跑，成了我心中的向往。我期待着跑过花岗岩筑就的外滩老建筑，曾经风情万种的金陵路骑楼、号称中华第一街的南京路步行街，还有百年经典的静安寺。

9月17日上午9点，上海马拉松官方网站开放报名网页。我登录，网络拥堵进不去，一小时后依然如此。此时，有人在网上贴出照片，人们在上海街头排起长队，报名参加马拉松，热闹程度如春运购买火车票一般。下午1点多，我再次登录报名，顺利完成。紧接着，我帮朋友侯哥报名，我输完他的全部信息后，点击确认时，网上出现"名额已满"的字样。这么看，我是在网络关门的最后一刻报名成功的。没有给侯哥报上名，我十分内疚。好在3天之后，上马官网发出通知，像侯哥这样一批在关门时刻已输完信息的人，可继续完成报名。上马的起点设在外滩的陈毅广场，我报好名，立即定好了附近的酒店。

报名完成后，我就开始准备10月20日的北马了。在北马，我327完赛，打破了今年1月厦马332的纪录，实现了进入330的计划。如何跑上马？是保持还是继续突破？我似乎没有认真考虑过。一如既往地每天坚持跑10公里，配速5分以内。周末在奥森跑了一次20公里，一次30公里，在南京出差的一天早晨，空腹跑了一次28公里。

11月30日，我们北京跑吧的伙伴共10人在上马的终点上海体育场集合，领取装备并合影留念。当天晚上，小丁、振华、鸿玉、米花和我在我的房间对第二天的成绩进行预测。米花带侯哥跑，不参加预测。

我做事从来是做最坏的打算，做最好的努力。因此，我预测我的成绩是330。最后小丁说："明天跑完，谁的成绩与预测的差距最大，不管是快是慢，谁请大家吃饭。"我想，我330完成是有把握的，假如我跑出好成绩，比预测高且超过他人，请大家吃饭为我庆功，我高兴。

早晨4点我就起床了。5点吃完早饭，6点出门。我住在宁波路，距外滩陈毅广场的起点仅几百米。存好衣服才6点10分，我就到了起点处。本次上马，起点分A、B、C三个区，最前面的是号码布A字头的特邀运动员、专业运动员和等级达标运动员，这一批人较少。第二批是号码布B字头的运动员，他们的马拉松最好成绩在4小时内。第三批是号码C字头的，最后是半程的。我站在了B区右侧的最前面。

6点30分，音乐响起，领操员带领大家热身。我四周的跑友人贴人，几乎无法动弹，我只好随着音乐，原地扭动。6点50分，雄壮的国歌声响起，几万人齐声高唱。在马拉松开赛前唱国歌，我还是第一次碰到。我大声地唱着，情绪激动。这歌声，为我鼓劲！这歌声，送我出征！7时整，发令枪响，开跑。过计时毯时，我按下了跑表，我的上马开始了。

这次由于离起点线近，大概只几秒钟我就过了起点计时毯，所以起跑配速一开始就达到4分30秒。我以此配速跑着，头5公里，在南京东路，我不断地被成批的人超过，我想，这些人真强，速度这么快。但转念一想，他们中有跑半程的，快点也正常。在8公里处，小丁超过了我，我发现后追上，看了一下手表，配速为4分20秒，小丁跑这

12.1 上海国际马拉松赛

么快，他这次要破纪录啊。我紧跟他，大约跑了5公里。

在淮海中路，举着315字样小牌的"兔子"带着一帮人超过了我，我没敢跟。可"330兔子"始终在我后面。10月的北马，我采取了跟跑"330兔子"的跑法，成功跑进了330。此次，我要突破，但跟"315兔子"没把握，我只能全程根据手表的配速自己跑。我知道，这是一个难度很大的跑法，无人跟跑，稍有松懈，就会导致失败。

已经跑过了15公里了，我手表上的平均配速一直显示为4分40秒。此时，我感觉轻松，决定以4分40秒的配速为底线，跑在我前面的每一个人，都是我跟跑的"兔子"。在北马，我的平均配速为4分54秒，最终成绩为327，这次如能以4分40秒配速跑完全程，那就肯定破纪录了。

黄浦江边的外马路，是一条折返道。我跑到左侧的17公里处，看见了跑在前面已经折返到我右侧的振华，他跑得太快，我没来得及叫他。紧跟其后，我看见鸿玉过来了，"鸿玉加油！"我大声呼喊，"王老师加油！"鸿玉回应着。

上马的赛道与北马相比坡少多了，其中的一个桥坡度也不大。但是上马的赛道转弯多，折返多，这多少对速度会有影响。不过折返道也有一个好处，它可以让前后的运动员有机会在同一条道的两侧迎面相见，这对相互鼓励，提高士气很有帮助。

每到一处折返，我都边跑边注意寻找从右侧迎面跑来的我的伙伴，跑在我前面的振华、鸿玉比我快很多，我在折返道见了他们两次。米花在我后面，我见了三次。每次见到，大家都相互鼓励，高喊加油，这让我感到我不是一个人在战斗，因而充满能量。边跑边看着旁边赛道迎面跑过来的跑友，似乎大家都在加速，我感觉自己是在机场跑道上快速滑行的飞机，就要起飞了。

12.1 上海国际马拉松赛

在 25 公里的龙华东路上，我追上了一位号码为 B3860 的法国小伙。他看上去 30 岁左右，背着一个小双肩包，步伐轻快，独自一人在跑。他跑的速度很均匀，配速与我相近。没跑多久，一个年轻的外国姑娘从我左侧追上来，我以为她是和这法国小伙一起的呢，结果不是，那姑娘快速超我俩而去。我跟着这个法国小伙大约跑了 5 公里后超过了他，赛后得知，这位法国小伙子排名 607，324 完赛，落后我 150 名。

我刚跑过打浦路隧道入口的路牌，有跑吧摄影师在赛道中间拍摄迎面跑来的运动员。朝着相机，我面带微笑，双臂张开，似大鹏展翅，飞翔而过，摄影师拍下了此画面。

10 月的北马，我全程跟"330 兔子"跑，就是喝水也跟"兔子"，他不喝我也不喝，因为取水费时，再要赶上费劲。这次我独自跑，可以想喝水就去取，没有人要我紧跟，我也不会被人落下。但我知道，为了突破我的北马，突破自己，对我来说，每一分每一秒都十分重要。

村上春树曾说：长跑的本质就是一次又一次把自己逼到极限，唯一的对手是你自己，你面对的是你内心的挣扎。看着手表上一直保持的 4 分 40 秒配速，我想，我在与自己比赛，一定要坚持住，一定要追上心中的我。30 公里过去了，我感觉轻松，身体正常，前面跑过的路好像是一次晨练，我信心大增。

仍然匀速跑行的我，被一中年白人选手追赶，我赶紧提了一点速，没让他超过。他一直跟着我，慢慢地，我听见他呼吸急促，声响变大。我知道，他有点问题了。我再次提了速，他又紧跟，大约 3 公里后，我听不见后面的呼吸声了，回头一看，没人影了。

跑到黄浦江边的龙水南路时，我看见了 35 公里的路标，真正的马拉松比赛开始了。35公里，对跑者来说，通常是个门槛，极限撞墙的情况常在此时出现。由于我平时的跑量较大，以往的比赛从没有出现过此类状况。这次马拉松是我速度最快的一次，能否坚持初始配速到结束，一开始就心里没底。到35公里时，我感觉身体状况依然正常。此时，我有预感，我会创造个人新纪录。只要保持配速，成功就不远了。

话是这么说，毕竟人不是机器，虽然能坚持但也累，我的速度略有下降，此时手表配速显示为4分42秒。平稳跑到40公里，我看见时间显示为3小时10分。还有2.195公里到终点，我开始提速，同时数被我超过的人，一个、两个、三个、四个……两公里我超过了18人，只有一人超过了我。

远远地看见体育场的建筑了，胜利在望了，我全力以赴冲刺，最后冲刺的最快配速为3分48秒。超过了多少人，我来不及数了，朋友侯哥在终点相约为我照相，我也顾不上找了。当我冲过终点线时，计时牌上的数字为3：20：14。那一刻，我兴奋无比，一点也不觉得累。

人生最大的敌人是自己，人生最大的快乐是战胜自己。北马40天之后，我再次战胜了自己，我的马拉松成绩再次被刷新，快乐的感觉难以言表。

先我到终点的振华和鸿玉来了，两人分别以2小时50分和2小时55分完赛。小丁、米花、贝贝壳、BOSS也先后到达终点。大家聚集一起，个个都高兴开怀，因为所有人都创造了自己的新纪录。

大家提起了我们四人赛前的约定，结果我预测330，实际跑出320，四人中差距最大，我输在了赢得太多上。哈哈，我请客，我庆贺，我高兴。

我要为战胜自己干杯！

2013/12/22 北京跑吧年会接力赛

今天北京跑吧举办年会。年会的第一项活动，是在奥森的 4×5 公里接力赛。参加者 4 人组成一队。其中第一棒为女运动员，第四棒为种子选手。我被定为种子选手。11 个种子选手被分在 11 个组，人员的组成由抽签决定。

今早最低气温为零下 7 摄氏度。穿了羽绒服戴了手套还觉得冷。7 点半我到了集合地，8 点 25 分第一棒女子开跑，等轮到我跑，大约要 9 点半。实在太冷了，为了驱寒，也为了热身，我先跑了二三公里，为冲向终点的米花和小洁助跑。

我队的第一棒女运动员是 gigi1982，她第一个跑完 5 公里一圈，冲向接棒点，她的时间为 22 分 27 秒。第二棒是自在老张，他 22 分 12 秒跑完。第三棒是我为卿狂，他 20 分 53 秒结束。等我接棒的时候，我队仍然领先后面的大约 30 多秒。我接棒后全力以赴开跑。看见手表上的即时配速为 3 分 30 秒，我从来没有用这么快的速度跑过，仅是在冲刺时有过。我有点不敢相信自己的眼睛，再仔细看，没错。

大约 1 公里后，只听见快速的脚步声从我右后侧传来，我想，肯定是振华追上来了。30 岁的振华，上马 250 完赛，5 公里成绩为 19 分，他是我们中间跑得最快的。此次，他穿了马鞋，志在破纪录。"王老师加油！"振华和我打过招呼就快速超我而去。我试图紧跟他，但他越跑越快，我放弃了追随。在我俩跑过时，我听见旁边散步的游人说："跑得真快！" 2 公里时，我的配速掉到了 4 分，沿途跑步的人很少，只要我看见的都被我一一超过了。这时，我迎面碰到了完赛后继续在跑步的米花，"王老师加油！"我再次听到她鼓励的喊声。

奥森的上坡是令跑者头疼的地方，平时慢跑没觉得有多难，可今天比赛却觉得十分不易，我咬紧牙关冲了上去。此时的气温仍然是零下5摄氏度，穿着单衣单裤的我在奥森狂跑，额头在流汗。

左转往东，就远远地看见高大的观景塔了。还有大约2公里了，没跑多远，我队的第一棒gigi1982和第三棒我为卿狂结束他们的接力后，正迎面向我慢慢跑来。我为卿狂见我过来，立刻调头为我助跑。他说："你跑得好快啊，还有1公里到终点。"听罢此话，我加速，我为卿狂的助跑变成了我的领跑。

又是一个上坡，这个坡比前一个小，过了这个坡，我就看见终点线了。伙伴们在大声喊加油，我奋力冲刺，印有"北京跑吧"字样的绿色终点线随着我的到达飘动了起来。我20分46秒完赛，我们队获得了第三名。

在我们队的4人中，两人二三十岁，一人50出头，我是其中年龄最大的，但却是跑得最快的。超过我的振华17分32秒完赛，创下个人最佳成绩，他所在的组获得第一名。

我今天的5公里净成绩为20分29秒，打破了今年10月5日21分42秒的纪录，再创新高。

12月1日的上马，我3小时20分完赛，创造了个人马拉松最佳成绩，今天又创造了5公里个人最佳成绩。

两个最佳是我2013年跑步的年终考试答卷。它见证了我的努力，让我感到欣慰，也鼓舞着我跑向新的一年。

2013/12/26　山东曲阜

说起曲阜，必然会想起孔子。孔子是我国春秋末期著名的思想家、教育家、政治家，儒家学派的创始人，他的思想学说一直是中华民族传统思想文化的主流，被尊奉为"圣人"。能到孔子故里去跑步，是一件美妙而开心的事。

昨天中午乘高铁由北京到曲阜，时速 300 公里 / 小时的列车，两个半小时便到了。出发时，北京空气严重污染，污染指数 370 多，坐在车里向外看去，到处雾霾笼罩。到了曲阜，这里的污染指数更高，接近 400 了。

今早 5 点起床，污染指数爆表，达到了 500，这是我第一次见到如此严重污染的天空。6 点 30 分，我到室外看天气，起风了，抬头可见月亮和星星，天也透出一些蓝色。雾霾开始消散，天气有些好转。

我换上了跑步服装开跑。通向孔府的大成路宽敞整齐明亮，高大而华丽的路灯与北京长安街的路灯几乎一样。当地人说，曲阜主要街道两旁都是这种路灯，他们称之为"华灯"，全国除了北京长安街有外，就只有曲阜有了，而且曲阜好几条街上都有"华灯"，其数量要比北京长安街多出许多。在进孔庙之前，要通过 280 米长、20 米宽的"神道"，柏桧夹道而植，直通孔庙的正南门。因为时间太早，孔庙的大门紧闭。我沿着围墙跑了一圈，回到住地曲阜国宾馆，跑了 6 公里，配速 4 分 51 秒。

风一直在刮，到了下午，我看见了蓝天白云。下午 5 时，污染指数降到 75，空气质量为良。沿大成路、春秋路到孔子大道再到沂河两岸，我跑了 10 公里，配速 4 分 47 秒。从天亮跑到了天黑，此时，"华灯"亮了。

2013/12/31　北京玉渊潭

早晨 5 点半起床，去玉渊潭跑步。今天是今年的最后一天，我要用奔跑来送别 2013 年，迎接 2014 年的到来。天气不错，气温比前几天略有回升。当我跑完 12 公里，按下跑表的停止键时，我的 2013 年跑步结束了。

自 2012 年初夏开始跑步，2013 年是我跑过的第一个完整的年份。

12.28 山东曲阜

2012

2013

2014

2015

14

跑 20.14 公里迎接 2014 年

2014/01/01　北京奥森

今天是 2014 年的第一天。早晨起来，站在家里的阳台上，可看见十几公里远处的西山。微风、蓝天，气温为零下 3 摄氏度，真是难得的好天气。

8 点 30 分到奥森。沐浴着冬日的阳光，奔跑在熟悉的跑道上，跑过 2013 年的我，用跑步开始了新的一年，心情十分愉快。

"新年好！""早晨好！""加油！"问候的话语不断在耳边响起。鸿玉、BOSS、普渡、灵魂收容、柔、米花、红鞋子、风筝……跑友们不约而同地来了，大家都跑得兴高采烈。

有位穿着羽绒服在散步的行人，用异样的眼光看着穿短袖衫在跑步的我。其实跑起来一点都不冷，跑完我衣服都湿透了。

今天跑了 20.14 公里，用来迎接 2014 年的第一天，用时 1 小时 36 分 07 秒，配速 4 分 46 秒。

2014/01/04　北京长安街

长安街有"神州第一街"之称，修建于明代，是兴建北京紫禁城、皇城和内外城时最主要的道路。明朝永乐四年至十八年（1406—1420 年），它与皇城同时建造，是明代兴建北京城总体规划的重要组成部分之一，距今约有 600 年的历史。

我家住在长安街附近。自从 2012 年夏天开始跑步以来，我就想要用跑步的方式，跑过长安街。2013 年 10 月 20 日，北京马拉松在天安门广场开赛，我和 3 万名参赛者一起沿西长安街跑到了复兴门。但是，我一直没有完整地跑过长安街。

今早 4 点 30 起床。看着天气还好，天上的星星隐约能见。稍作准备，我就出门开跑。

过去称长安街是指从东单至西单的距离，长度为 4 公里。通常说的"十里长街"，则是指建国门至复兴门的距离，长为 6.7 公里，其宽为五上五下双向十车道。我今天跑的线路，东西两端延得更长，从西三环的公主坟，到东三环的国贸，全长 14 公里。

不到 5 点钟，大街上灯火通明，几乎不见人影，车也是偶尔过去一辆，白天的喧闹拥堵不见了踪影。大部分居住在这个城市的人没有见过此番景象。公主坟、军事博物馆、木樨地、南礼士路、复兴门、西单、天安门、王府井、东单、建国门、永安里、国贸，我依次跑过。

在空旷的长安街奔跑，听见的只有自己的呼吸声和脚步声，好像此时的长安街是专为我一人开设的马拉松赛道，在重要的路口，我看见有警车把守。平时不曾留意的道路两边的名胜古迹和重要建筑，此刻看起来，别有一种韵味。

5 点 18 分，在空无一人的天安门城楼前，我停下脚步，凝视着城楼上挂着的巨幅毛主席画像，好像毛主席在对我微笑，与我对话。毛主席领导了新中国的建立，他老人家的画像挂在这里已经数十年了，而我跑过的这条马路有 600 年的历史了。相对于历史的长河，我们每个人的生命是如此短暂，但我相信，奔跑，会让我短暂的生命增添活力。我也会记住，2014 年的 1 月 4 日，我在这里跑过。

越往东跑，路上的车越多，行人道上也可看见早起的行人了。到了国贸地铁站，我结束了跑步。今早总计跑了 15 公里，用时 1 小时 15 分 10 秒，平均配速为 5 分 01 秒。我乘坐地铁 1 号线返回，总共 12 站，大约花了 40 分钟。

2014/01/07　北京玉渊潭

今天晨跑后，我在耐克跑步网上传跑步数据，发现总里程数显示为 6666 公里，这是一个很有趣的数字，我截屏拍下了该数字，作为纪念。

更详细的数据显示，在 2012 年 7 月 26 日至 2014 年 1 月 7 日的 530 天中，我跑了 545 次，跑完了 6666 公里，平均里程 12.2 公里，配速 5 分 24 秒。总跑步时间为 600 小时，相当于 25 个白天和黑夜。总热量消耗 442157 卡路里，相当于 49 公斤脂肪。

跑过的国内外城市共 25 个，既有东部的沿海和西部的高原，也有南部的海岛和北部的冰河，还有北美的湖滨平原。

经历的最高温度为 38 摄氏度，最低温度为零下 30 摄氏度。

6666 公里的距离，可穿越我国的东西 (5200 公里) 或南北 (5500 公里) 最长距离。

日复一日，为什么要奔跑？因为路在那里，因为心在等待！

1.1 北京奥森

2014/01/31　江苏常州

今天是农历马年春节，是 1 月份的最后一天。从 24 日起，我每天在中天体育场的 10 公里场地跑，今天已是第八天了。8 天之内，4 次创造了个人最佳纪录。

24 日		29 日	
10 公里 43:46 配速 4:22		1 公里 03:28	
	5 公里 20:01 配速 4:01		10 公里 42:59 配速 4:18
	28 日		31 日

本月总跑量 374 公里，月平均配速 4 分 44 秒，创造了我 18 个月跑步月均配速最快纪录。

为了迎接马年春节的到来，昨天大年三十，我在场地跑了 53 圈，21.1 公里，一个半马，用时 99 分，配速 4 分 42 秒。这是我在场地跑过圈数最多的一次。

2014/02/23　北京奥森光猪跑

每年 2 月最后一周星期天的上午 9 点，跑友们都会在北京奥森开展光猪跑活动。今天气温在 0 摄氏度左右，天空雾霾笼罩，光猪跑如期举行。

8 点半，我从地铁 8 号线出来，奥森南门聚集了好多拿相机的人，没看见几个跑步的人。到了南门东边的集合草坪，拿相机的人更多了，不知情的人还以为是在举办摄影活动呢。

跑友们陆续来了，突然一个豹子装扮的跑友进入草坪，在人群中引起轰动，无数的长短镜头对着他咔咔作响。接下来，不断有新奇装扮的人入场，引起围观。什刹海冬泳队大妈们的集体亮相，引来笑声不断。

9 点半，我和我的小伙伴们脱下了羽绒服，光猪了，真还有点冷。为了热身，我们原地跳动，又做俯卧撑。接着，有人领着大家做操，全场几百位光猪跑友一起舞动，热闹非凡，比跑友还多的摄影师们也都在忙碌地拍摄。

我和北京跑吧的振华、小曼、鸿玉、潜艇几位结伴而跑。奥森是我经常跑步的地方，夏天也常在这里光猪跑，大家觉得很平常。在湖面依然冰封的冬天，在大家都穿棉衣的时候，我们在这里光猪跑，引起了这么多人的关注和围观，是好奇，是不解，还是赞许，我不知道，也许都有。

在众多拍摄者的追围下，光猪跑友们搞怪动作不断，欢声笑语连绵，到终点时，每一位光猪跑友都受到举着相机的人墙的夹道欢迎。3.5公里的路程，很快就结束了，没有风，跑起来并不觉得冷。一些意犹未尽的跑友觉得3.5公里太短，不过瘾，继续着他们的光猪跑。

2014/02/27　北京玉泉路

连续156小时的重度污染天气，连续两天污染指数过500，我只好停止跑步，在室内做一些力量训练。五天没有跑步了，月跑步公里数为213，这是我自从2012年7月起，有记录的跑步中休息最多的一个月，也是月公里数最少的一个月。

昨天傍晚，期待中的小雨来了，接着，西北风也来了。今日凌晨3点，我被窗外呼呼作响的风声吵醒，听着这风声，我真高兴，雾霾终于散去，蓝天重见，我又可以跑步了。

风一直在刮，我毫无睡意，5点就起床了。早晨的空气质量为优，污染指数为15，天气真好。如若不跑步，一是对不起自己，二是对不起蓝天。

我沿复兴路往西，跑到玉泉路折返，往东到木樨地，然后往北进入玉渊潭公园。从万寿路到玉泉路的辅路上，到处都是白色的乌鸦粪便，光秃秃的树上落满了黑色的乌鸦，在晨光中看上去好似树叶满枝。

此景我晨跑中常见，可今天不同的是，平时安静的乌鸦今天不停地在跳跃，在鸣叫，难道是天气变好乌鸦也高兴？我不知道乌鸦们在讲什么，但听着它们的鸣叫声，呼吸着清新的空气，我跑得很开心。

今早跑了一个半马，21.1公里，用时100分钟，平均配速4分45秒，完成了自己的预期。

2014/03/09　北京奥森

今天北京跑吧在奥森发放"战袍"。不久前，应跑友的要求，北京跑吧决定统一制作跑步服装，并面向大家征集设计方案，最后，我建议的毛体字方案被采用。服装有蓝白和红白两种，毛主席灵动的行书字体，让"战袍"充满活力。

离3月30日郑开国际马拉松赛还有20天，我和参加郑开马拉松的跑友们在这里进行30公里的长距离训练。我计划用4分50秒的配速跑完30公里。红珊瑚、米花计划用5分10秒的配速，高手鸿玉陪跑，振华和小曼不计速度，跑够时间便停。一些不参加郑开的跑友也来一起跑了。

8点半大家出发。我的配速最快，只好一人独自跑。先跑了南园北园一大圈10公里，因为气温低，我感觉有些费劲。慢慢地太阳出来了，我身上跑出了汗，这才舒服些。到10公里时，我喝了几口水，脱掉了长袖，穿了短袖，外套是刚领的印有"北京跑吧"字样的"战袍"。

提速开跑，一阵凉意从双臂直传背心。迎面过来的许多散步的人都穿了棉衣，一批又一批光明乐跑团的人结队而过，无人穿短袖。上路了，我别无选择，只有死劲地跑，争取把全身跑热。可跑得越快，热量散得越快，大约在十三四公里时，我的双手冻得没有知觉了，只好取下头上汗湿的头巾套在手上，权当保温。其实可以拧出汗水的头巾也是冰凉的。在南园跑过一小圈后，又在南园北园跑了一大圈。10点半，我跑完了25公里，跑表显示用时2小时整。

一路上见到了许多认识或面熟的跑友，大家热情地打招呼并互喊加油。游客越来越多，有些地方都出现了拥堵。我北马327完赛的配速为4分54秒，上马320完赛的配速为4分42秒，今天我选择4分50秒的配速，介于两者之间。上马之后的3个月，单次最长距离为半马的21公里，从没跑过30公里。今天我的30公里以4分50秒的配速跑，对我来说是个有难度的训练指标。

一个人在奥森反向孤独跑，前面无人可追，身旁无人可伴，身后无人在赶，只有手上的跑表，伴随着我，忠实地显示着各种数据。我是和自己在比，我要追上那个可以2个小时30分跑完30公里的我。

孩子在嬉戏，学生在轮滑，情侣在蜜语，老人在散步。我以差不多不变的速度在不停地跑，在努力，在挣扎。我边跑边想，我为什么要跑？我停下脚就可休息，为什么要这么累？我要战胜自己，我要实现我今天预定的目标，我不能放弃。无数个小目标的实现，才能成就大气候，无数次的不放弃，才能品尝收获的喜悦。其实，艰苦的跑步过程对我来说已经是一种习惯，一种享受。

最后，我用2小时24分跑完了30公里，平均配速为4分49秒，完成了预定的任务。

15

从郑州跑到开封

2014/03/30　郑开国际马拉松赛

3月30日上午，2014郑开国际马拉松赛在郑开大道开赛，来自20多个国家和地区的47000名运动员快乐开跑。其中参加全程比赛的有6000人。肯尼亚选手包揽了全程赛男女前三名。基辅罗诺以2小时19分45秒获得男子组冠军，科娃布卡以2小时37分09秒获得女子组冠军。

我的成绩是3小时25分45秒，男子全程第284名，50岁以上年龄组第33名。

听说郑开马拉松是由郑州跑到开封，在两个古城之间的高速公路上跑，道路宽阔而平坦，我好奇并非常向往。去年12月上马结束没多久，我就报了名。

赛前的4个月是冬季，是一年中最冷的时候，我坚持训练。4个月中，我一共跑了1300公里，并不断提高训练时的速度，其中气温最低的一月份，我跑了374公里，月均配速4分44秒，创造了我18个月跑步月均配速最快纪录。

春节回家探望父母，在常州的10天，我在中天体育场跑了10天，每天10公里25圈，年三十下午跑了53圈，一个半马。创造了3个最佳纪录。1公里3分28秒，5公里20分01秒，10公里42分59秒。所有这些努力，都是为了挑战自己，争取再次刷新自己的纪录。

此次郑开，我们北京跑吧来了10人。28日下午，我和珊瑚、老鞠、侯哥、米花5人先行到达。晚餐每人一大碗烩面，味道不错，我吃了个精光。半夜，我开始肚子不舒服，到天亮，去了七八次厕所。我想这下可糟了。赶紧问别人有没有药，米花说带了好几种药，就是没有治拉肚子的。6点钟我去附近的药店敲门买药，路上碰到米花已为我买到药返回了，我心里一阵感动，连声道谢。

29日上午去火车站附近的跑吧大本营，领取了比赛装备。中午过后，肚子感觉舒服了，晚饭又正常开吃，仍然是一碗烩面。

比赛的30日，我早晨3点就醒了。6点出发，乘地铁去集合地。为了这次马拉松，郑州地铁早晨开启直达专列。车里热闹非凡，挤满了从全国各地来参赛的人。我存好包到起跑点时，前面已经人山人海，怎么也挤不到前面去了。想早点开跑的愿望落空了，谁让我不早点来呢？

人堆里，大家都很兴奋，天上航拍的直升机不时掠过，引来阵阵呼喊声。而我，乏力犯困，只好闭目养神。8点24分，我刚吃了一个能量胶，队伍就缓缓向前移动了。因为时间没到8点半，也没听见发令枪响，大家都不知道是开跑了。

等我到了出发门楼，我想这应该是起跑了。可门楼上没有计时钟，地下没有计时毯。我不解，所以我没有按下跑表，大约跑了一百多米，仍然未见计时毯，我只好按下了表。糊里糊涂，无精打采，我的郑开马拉松就这样开始了。

起跑位置靠后人又多，我只好左突右冲，争取早日冲出重围，抢回耽误的时间。在大约13公里处，我追上了并肩而跑的珊瑚和米花，我看了表，此时的配速为4分37秒，真快啊，两位女强人！"加油！"打过招呼后，我就超她们而去。

郑开大道双向10车道，开阔平坦，两边景色几乎一成不变，让人感到枯燥无趣，我一直兴奋不起来。可能是昨天拉肚子，可能是今天醒得早，我从来没有跑得如此疲劳过，竟有了放弃的念头。但转念一想，放弃，这不是真实的我，跑了两年，跑过了七千多公里，参加了5次马拉松赛，从没想过要放弃。摄影师朋友侯哥在终点等候我，此次一同来参赛的老鞠、彩虹、珊瑚都比我年长，我没有理由说放弃。

前方不断出现的路牌，只是左右指向的路名在变，正前方一直写的是"开封"。可开封在哪里？怎么还不到？她似乎在遥远的天边。在15公里左右时，我追上了一个团队，领跑的是一个个子不高的年轻女子，她跑得很轻松，一帮大男人紧跟着。我超过时回头一看，才知道她是"330兔子"。

15公里处，我吃了个能量胶，以后每过5公里补充一个。又跑过一段，我看见前面两位跑者的背心上写着常州字样，啊，遇到老乡了，我和他俩用常州方言聊了几句，很快就分开了，因为怕讲话多耗费体力。

"开封人民欢迎你"，在跑到23公里时，我看见了这块大路牌，这表明我已进入开封地界了。总算跑过一半了，此时，我的平均配速为4分44秒，已经落后于上马的平均配速4分42秒了。当时想，不着急，后程再发力追赶吧。这其实是自己安慰自己。

途中，喝了好几次水，有一次喝水还停下来了。跑着跑着，配速不断下降，人依然兴奋不起来，不在状态之中，连平时训练的配速都没达到。于是，我一看见有摄影师在路上拍摄，就跑过去做个加油的动作，试图让自己兴奋起来，脱离困境。

在30公里处，我看到跑吧老大顾斌拿着大炮筒相机在拍照。还有12公里就到终点，我看了一下手表，配速下降到了4分48秒。此时，我明白，想要赶上上马的4分42

3.30 郑开国际马拉松赛

秒的配速是不可能了，但我决不能跌出北马的 4 分 54 秒的配速啊。我咬紧牙关作最后的努力。

终于看见远处有房子了，要进开封城了，我振作了一下精神。在开封市民热情的加油声中，我跑到了 40 公里，取下了头上的吸汗头巾，将其套在了手腕上。根据事先的约定，从这里开始，我们要靠右跑行，侯哥会在右侧为大家拍照。我边跑边找，1 公里过去，未见侯哥。

过了一个门楼，一个小上坡，我艰难地跑着，终于看见侯哥了，胜利在望了，顿时痛苦和疲劳消失得无影无踪。我兴奋，我喜悦，侯哥快速按下相机快门，录下了我跑过的身影。当我冲过终点线时，计时牌显示为 3：25：45。野骆驼 253 完赛，鸿玉先我 4 分钟到达，我是北京跑吧郑开 10 人中第三个到达的。这是我半年内第三次跑进 330，虽说没有实现预期的个人最佳成绩，但结果仍然让我满意。

去年 10 月的北马，我紧跟"330 兔子"，第一次跑进 330，327 完赛。12 月的上马，训练和身体的状态都不错，加上热闹的赛道上你追我赶，我始终处于兴奋状态，所以跑出了 320 的好成绩。

本次比赛，虽说准备充分，但赛前的拉肚子和睡眠不足再加上枯燥的赛道，影响了发挥。回过头来说，假如没有赛前 4 个月的冬训，可能连 325 都达不到。另外，郑开马拉松没有净成绩，我过起跑线，至少耽误了二三分钟，假如扣除这个，和上马成绩就很接近了。

一分耕耘一分收获，汗水没有白流，也不会白流，我会继续努力，迎接下一个挑战。

2014/04/07　北京奥森

　　今天是我 57 岁的生日，也是我开始跑步两周年纪念日。前几天，听我爸讲，我出生的 1957 年 4 月 7 日这一天，农历是三月初八，57 年后的今天，也是农历三月初八。两个不同纪年方式的日子相隔 57 年又重逢，真是难得。

　　小孩过生日，叫长大；中年人过生日，叫又老了；老人过生日，叫增寿。每年都有 4 月 7 日，我对生日从来不在乎，无非是年龄又长了一岁。但自从我 2012 年 4 月 7 日开始跑步，这一天，除了表示我的年龄，还增加了新的含义，表示了我的跑龄。我想用我增长的跑龄，抵消我增长的年龄。

　　2012 年 7 月 26 日，我买了耐克运动手表，开始有记录的跑步。到今天，我跑了 7603 公里，参加了 6 个马拉松，首马为 350，最好成绩为 320。这在两年前是不可想象的，那时我周围能接触到的人，从没听说过有跑马拉松的。

　　前天，我参加社里备战教育部运动会在北师大的集训，看着在田径场奔跑的我，同事们都非常惊讶。我说，运动改变人生，只要动起来，每个人都行。

　　恰逢清明假期，我和北京跑吧参加郑开马拉松的跑友在奥森一起跑步。我用跑步为自己庆生，纪念跑步两周年。我跑了 25 公里，用时 2 小时 17 分 04 秒，配速 5 分 29 秒。

2014/04/10　深圳香蜜湖

　　4 月初的北京，花开了，树发芽了，可由于久旱缺水，地上的草还没有绿透。昨天到了南国深圳，这里气温高、湿度大、雨水多，木棉通红，桂花飘香，绿色植物茂盛，置身于此，仿佛夏天。

今早6点，从住地香蜜湖出发，沿深南大道往西，跑过了车公庙、竹子林到侨城东，然后折返，全程大约10公里。深南大道是深圳市东西走向的一条主干道，深圳马拉松以此为赛道。主路和辅路由绿化带相隔，在人行道的外侧，有一条一米多宽的便道，供人骑车或跑步。便道两旁，种了多种绿色植物，在此路上跑步，好似在园林之中。

今早气温20摄氏度，我跑了10公里，用时53分54秒，配速5分23秒，虽说是慢跑，但仍然全身湿透。

2014/04/15　新疆石河子

前天开始，石河子连续下了两天罕见的大雨，气温降到了5摄氏度左右。这里与北京的时差为2小时，早晨9点早餐，10点上班。早晨5点多我醒来，想去跑步，可外面一片漆黑。到了7点多，天才有点亮。

石河子位于准噶尔盆地南缘。1950年，中国人民解放军第22兵团（后改为新疆生产建设兵团）、26师（后改为农八师）及25师（后改为农七师）一部，到此开荒生产。是个由军人选址、军人设计、军人建造的城市。

过去的跑步都在城市的铺装路面上。今天在棉花田旁的土路上跑步，这是从没有过的体验。踩着坑洼积水的泥路，看着一望无际刚刚播种的棉花田，人的心情好像也开朗了。

我曾在南方农村干过几年农活。南方人多地少，几亩地就一分隔，一小块一小块的。这里是几百亩一片，看不到人烟，机械化作业，农民开摩托车下地干活。

天高地阔任我跑。旷野里，我是多么的渺小，即便是马拉松全程的42.195公里，放在这里也依然显得很短。融入大自然的奔跑让生命回归了自然，或许这就是让我迷恋

4.15 新疆石河子

跑步的原因。

我用 27 分 55 秒跑完了 5 公里，配速 5 分 35 秒。

2014/04/20　北京国际长跑节

一年一度的北京国际长跑节，是北京历史上举办最悠久的一项全民健身运动，今年是第 59 届了。今天共有 2 万人参加，其中跑 10 公里的有 7000 人。我参加了 10 公里项目。起点为天安门广场，终点为先农坛体育场。

去年我第一次参加，跑完 10 公里的时间为 45 分 53 秒。8 点钟开跑。由于我没有站到最前面，头两公里都被挤在人群中，根本跑不开，配速在 5 分以外。2 公里后，人散开了，我不断提速。

突然后面有人喊王老师，我回头一看，是北京跑吧老沈，我招手喊了声加油，就先跑走了。5 公里时我追上了多威的老赵，感觉他今天跑得好快。打过招呼我跟他跑，逐渐掉后十几米，跑了 1 公里多我才超过了他。后来又遇到老李，仍然是打过招呼后超过。从 2 公里到 8 公里，我的配速不断加快，我在不断超越我前面的人，而一直没有人从后面超过我。我想，这种状况要一直保持到结束该有多好。

8 公里刚过，一个身高大约有一米八的年轻人大步追上了我，并行几步后就超过了我，没多久，又一位年轻人追上来了，也超过了我。我想，今天 2 公里后未被人超过的愿望要落空了。

还有 1 公里了，我提速作最后的努力，终于在进先农坛体育场之前，追上了正在并肩跑的超过我的两位年轻人，当我从他俩中间穿过超越时，听到了他们发出的粗重的喘气声。

4.20 北京国际长跑节终点

进入体育场，看见了终点牌楼，我大步冲了过去。最终 43 分 49 秒完赛，平均配速 4 分 23 秒。

2014/04/23　北京地铁 10 号线

"跑步的时候，眼前的地面逐渐地流向后方，两旁的景色不断飞逝而去，全身都感觉到风的存在，汗水从脸颊上流下来，真是非常舒服的一件事。"这是日本漫画《长跑小子》里一段的话。

前不久，小于同学送我 5 本一套的日本漫画《长跑小子》，我今早拿了一本去乘地铁上班。从家到单位共有 12 站，约需行驶 30 分钟，正好用来看漫画。

虽说漫画书不是我这个年龄的人的读物，但书中描写的故事还是挺感人的。尤其是上面的那段话，写得真好，我有切身体会，特地抄录下来。

2014/04/27　北京奥森

"与梦同行"首届半程马拉松接力赛今日在北京奥森举行，一女三男为一组，每人跑 5 公里，4 人共计 20 公里。主办单位发布消息后，我第一时间约了北京跑吧的几位跑友，组队报名，我队为社会组中的第一组，号码布为 A01 起头。北京跑吧本次共组了 4 个队，有 16 人参加。

为了使北京跑吧的跑友在本次比赛中更加夺目，我设计了简单的标志，在我们每人头上和右手，都系上黄色的丝带，女跑友头上还戴了黄色的花环。远在美国的一位跑友闻讯后，在微信中说这是幸福的黄丝带。

下午 2 点 38 分，发令枪响，我组的第一棒米花率先开跑。22分钟后，我接过她传来的第一棒，开始了我的第二棒。奔跑中，黄色的丝带随风飘扬，我快乐的心好像也在飞扬。你追我赶中，我21分57秒完赛。将接力棒传给了第三棒小丁，我组的第四棒为鸿玉。

16位跑友，总共在奥森南园跑了16圈。黄丝带飘过之处，吸引游人目光无数，加油声不断。在终点，有位女士邀我与她合影，她称我为"运动健将"。听说我们每人要跑5公里，十分惊讶。哈哈，其实我仅是一位跑步爱好者而已。

4.27 与梦同行半程马拉松接力赛

16 起跑落后终点领先

两年一届的教育部职工运动会，我每次都会前往观看，为我单位的运动员加油。从来没有想过，有这么一天，我会参加比赛。

2012 年 4 月举办的第八届运动会，我照例坐在观众席上。就在那一年的初夏，过了 55 岁生日的我，为了锻炼身体，开始了跑步。

今年 4 月初的一天，我出差在外，工会主席祝大鸣给我打电话说："听说你平时跑步，这次部里运动会，给你报了名，请你参加40~50岁组的1500米比赛。"我说："1500米太短，我没有优势，最好是 1 万米或更多。"可运动会上 1500 米是最长距离了。我答应试试。

为了备战，单位在 4 月的每周一三五下午，组织选手去北师大训练。第一次训练，我去跑了 5000 米。第二次训练，跑了两个 1500 米，最快的一次为 5 分 40 秒。隔天早晨起床，发现左脚跟腱有拉伤。我不适应短距离的快速跑。我贴了膏药，时跑时休。

去深圳和新疆出差两次回来，已是 4 月 18 日了。20 日，我参加了北京长跑节的 10 公里比赛，43 分完成。脚依然没好，训练虽然去了几次，基本是慢跑。4 月 27 日，我参加了奥森半程马拉松接力赛，5 公里 22 分完成。28 日早晨醒来，

4.29 教育部第九届职工运动会

脚伤加重，我担心影响明天的比赛，除了贴膏药，还服用了消炎止痛的芬必得。

29日早晨5点起床，感觉脚痛减轻些许，我去马甸玫瑰公园做了拉伸。早上7点20分出发去奥体中心。我的比赛要到下午1点20分才开始。

中午12点半，我开始热身慢跑，再做拉伸，虽然跟腱依然疼痛，但我想我已没有退路了。检录时发现，有好几人退赛了。我可以退赛，也没有人要求我一定要参赛。是我自己想要拼一下，想要挑战自我。不到万不得已，我不会放弃。

跟随着引导员，我步入赛场，走向1500米的起点。认识我的同事都十分惊讶，年轻时的我，戴着眼镜，并不爱运动，今年已过57岁了，竟然会参加比赛，而且是运动会最长距离的跑步项目——1500米赛跑。事后还有人对我说，他看见比赛秩序册中有我的名字，认为一定是弄错了，从没听说过我会跑步。

惊讶也好，不信也罢，那一刻，我确确实实站在了起跑线上。下午1点20分，发令枪响，大家开跑。

今天的1500米是我参加过的最短距离的一次比赛，在400米的田径场比赛，这是我的第一次。我擅长的是长距离的耐力跑，短距离的速度跑不行。特别是在几百位同事的注视下，压力挺大。

刚出发，我怕跑太快脚伤加剧，没敢使劲，掉到了最后，被大家落下20多米。我看了一下表，此时的配速为3分42秒。我想，这些人这么强，今天我要倒数第一啊。凭着多次马拉松比赛的经验，我不理会他们，调整呼吸，理顺步伐，跑自己的。第二圈我的配速提到了3分25秒，轻松超过3人，当时我感觉左腿的小腿肌肉抽了一下。担心伤痛扩展，第三圈，我适当降了一点配速，又超过了几个人。

发令枪响过以后，伴随着阵阵鼓声，看台上的同事由安静地观赛逐渐转为高声地欢呼，大家大声呼喊加油！跑道旁边，每隔一段，就有同事近距离为我鼓劲。好几台照相机和摄像机对着我，记录我的比赛。我不是一个人在战斗。

人生最大的敌人是自己，人生最大的快乐是战胜自己。奔跑中的我，忘记了自己的年龄，忘记了自己的脚伤，为战胜自己，为追寻心中的快乐，努力着。离终点还有100米，我前面还有一个人。此时，有人过来在跑道内侧为他助跑。我竭尽全力提速，作最后的拼搏，在离终点50米处，在他和助跑人中间，我大步超了过去。跑过20米后，我回头看了一下，他离我还远，我感觉胜利在望了。

5分31秒时，我双手握拳高举着，第一个冲过了终点。起跑时的落后，途中的赶超，终点前的领先，跌宕起伏，这一切都在短短的5分多钟内发生，令人兴奋。在同事们的欢呼声中，我赶紧走到看台前，挥手向大家表示感谢。赛后得知，获得第二名的是60后，第三名的是70后，而我是50后啦。

有位同事跑过来对我说："王老师，我在你跑过去时，为你喊加油，你听见了吗？我嗓子都喊哑了。"更多的同事见了我之后说得最多的是王老师你太棒了，太完美了。

面对众人的祝贺，我感动了。"谢谢，谢谢！"我不断地回应着。大家都为我加油，把我的油加足了，提速超越成为必然。我这个第一，属于大家。当我站在领奖台接受奖牌时，欢呼声再次响起。

努力了，奋斗了，就会无遗憾，就会有收获。比赛如此，人生如此。

4.29 教育部第九届职工运动会

2014/05/16　北京玉渊潭

　　每天早晨我在北京玉渊潭公园跑步时，总会遇到一位瘦瘦的长者也在跑步。他的步子，不紧不慢，速度均匀。一小时过去了，他在跑，两小时过去了，他还在跑。去年有一天，他在公园跑了30公里，外出4个小时没回家，家里人着急了，到公园来找他。他就是我们大家称呼的老张头。

　　今天早晨，老张头告诉我，他今年已满78周岁了，身体很好，除了牙齿、眼睛有些不好，什么病都没有，从不感冒。最近他每天跑10公里，周末跑20公里。他说，只要天好，一天都不停歇。

　　我在玉渊潭跑步有两年了。春夏秋冬，都可以看到老张头的身影。刚开始，我跟他跑，向他请教，他告诉我跑步的要领，讲他的跑步故事，对我帮助很大。

　　后来，我跑得快些了，我就自己跑了。每次跑步，或迎面遇到，或后面追上，和老张头打个招呼，问个好，或聊上几句，我都会觉得十分开心，受到鼓舞。

　　老张头43岁开始跑步，至今已有35年了。他从1999年开始参加北马，已经过了15个年头。1999年，63岁的老张头首次参加北马，成绩为3小时37分。

　　15年的北马，他参加了14届，其中未参加的那次是因为被车撞了，不得不在家疗伤。去年，过了77岁的他，北马的成绩为4小时35分。

　　2004年，68岁的老张头，13个小时完成门头沟百公里越野。他的目标是，跑北马要跑到80岁，真是令人敬佩。

　　他曾对她女儿说："我的十几枚北马的奖牌，只要留一枚放骨灰盒里，其他的都送人，我要让我的后人知道，我是跑马拉松的。"

35 年是多么漫长的时间啊，在此期间，个人、家庭、社会、环境等都发生了巨大的变化，而老张头用不变的跑步，面对多变的人生，这是多么不容易，背后支撑的，是他无比坚强的意志和一颗伟大的心。

　　我今年 57 岁，跑步仅有两年，北马只参加过一次。与老张头相比，我还年轻，我刚起步。我要以老张头为榜样，不停地跑，跑过 80 岁。

2014/05/22　山东东营

　　东营这个名字，近几年为爱跑步的人所熟悉，是因为这里连续举办了 3 届国际马拉松赛。到了东营，当地的朋友给我讲得最多的也是东营的马拉松赛。

　　我曾在央视收看过东营国际马拉松赛的实况转播，那里优美的环境，给我留下了深刻的印象。今天置身于此，感受更为强烈。

　　滚滚黄河水，在这里奔腾着进入渤海。黄河入海口附近的湿地，一望无际。其中有 15 万公顷的草场，数十万亩的天然苇荡和上万亩的天然柳林。这里鸥飞雁鸣，鸳鸯嬉水，仙鹤起舞，共有鸟类 187 种，水生生物 800 余种。

　　镇海锁浪的围海长堤十分壮观，胜利油田的采油磕头机成排成片，海油陆采的作业日夜不停息。

　　市区的马路宽阔平坦，绿树成荫，鲜花盛开。路旁绵延的河道和荡漾的湖泊，给城市注入了灵气。

　　面对此景，我想：明年的东营马拉松，我要参加！

　　今天早晨 5 点从胜利宾馆出发，跑过西二路、黄河路、西四路，共 10 公里，用时 55 分 31 秒，配速 5 分 33 秒。

2014/06/05　北京玉渊潭

今早 5 点入园，我沿八一湖由西向东跑步。在这条两公里长的路上，我先后遇到了 4 位跑友，他们是：82 岁的老周，78 岁的老张，62 岁的老鞠，59 岁的彩虹。

说来也挺奇怪的，今天遇见他们的顺序，是以年龄大小为序的。但是，不管先后，他们年龄都比我大，跑龄都比我长，起得都比我早，都比我勤奋。见到他们快乐跑步的样子，我既感到惭愧也深受鼓舞。

与他们相比，我年轻，我没有理由停下脚步。我要以他们为榜样，快乐跑步，健康生活。

假如人生以百岁计，总共有 36500 天。假如我还能活30 年，还有 10950 天，我还能跑 10950 次。

我要珍惜大好时光，快乐跑完 10950 次。

8000km

5.22 山东东营胜利油田

17

689 天跑完 8000 公里

2014/06/15 北京奥体中心

跑者世界"6·15与奥运冠军一起跑"跑步节活动今日在北京奥体中心举行。

奥运冠军孙杨、罗雪娟、王丽萍、雷声到场，国家体育总局局长刘鹏为起跑鸣枪。我和千名跑者一起跑了5公里。

从 2012 年 7 月 26 日到 2014 年 6 月 15 日的 689 天里，我跑步 678 次，累计里程 8000 公里。

岁月在变，我的跑步不变。

跑步陪伴我的四季，温暖我的心。

2014/06/22 北京灵山

今天参加了多威跑友会组织的灵山跑山赛。去年我曾参加了该活动，先是公路，后是山路。今年改为先是山路，后是栈道。难度明显加大。

虽说是跑山，由于路窄，路不平，且湿滑，大多数人都是在走。十几公里的路程，1300 多米的上升高度，身边的植被逐渐变成了乔木、灌木、草甸。天气状况由暴晒、晴朗逐渐变为大雾、雨水、雷电、冰雹。山顶上的工作人员穿了棉大衣。

我边走边观景，同行的米花为我拍了好几张精彩的照片。

6.15 北京奥体中心跑者世界跑步节　　6.22 北京灵山跑山赛
6.25 河南洛阳洛河
6.25 河南洛阳龙门石窟

最后用了两个多小时登上了海拔 2303 米的灵山主峰。

2014/06/25 河南洛阳

13 个王朝在这里定都，牡丹花开名扬天下，这就是令人向往的洛阳。今早 5 点，我和朋友慧靖，出发跑步，沿着洛河，乘着细雨，跑了 10 公里，用时 55 分 20 秒，平均配速 5 分 32 秒。

2014/07/09 西安城墙

西安城墙至今已有 600 多年的历史，是我国现存最完整的一座古代城垣建筑。我到西安很多次，从来没有在城墙下跑过步。这次为了能在城墙下跑步，住处选在了城墙的南门附近。

早晨 6 点半，我冒着小雨开跑。从南门往东，2 公里后左转向北，共跑了 5 公里，平均配速 5 分 33 秒。

城墙的外围是护城河，在城墙和护城河之间，修建了漂亮的条带状公园，有很好的跑步道路。我跑着，右边可见高大的现代建筑，左边是古城墙。

2014/08/14 吉林长春

在一望无际的玉米地和水稻田里，一条蜿蜒起伏的公路飘落其中，与蓝天白云在远方交会。连续 3 天的早晨，伴着日出，呼吸着清新的空气，我在双阳至九台的公路上奔跑。

初秋时节，天气转凉，有的骑摩托车的人都穿上棉衣了。

7.8 西安城墙

8.8 北京玉渊潭

穿短衣短裤的我，依然全身汗水湿透。路上没有行人，只有汽车和摩托车时不时地飞驰而过。车上的人大多用惊奇的眼光看着在路边孤独跑步的我。

我曾在南方的农村插队务农3年，种过水稻也种过玉米，对农田劳作的艰辛记忆犹新。也正是那段经历，让我经受了锻炼，培养了吃苦耐劳的精神。

如今，37年过去了，我不再下田劳作，而是在田边跑步，虽是不一样的形式，但同样把我的心带回到从前。我的眼前仿佛出现了当年"广阔天地大有作为"的热闹场面。

岁月将曾经的热血青年打磨成了平稳的中年人，但跑步让我活力重现，马拉松再次让我热血沸腾。

3天的跑量分别是5公里、10公里和15公里。其中还跑了三个500米间隙，配速分别为3分34秒、3分35秒和3分41秒。

2014/08/16　黑龙江哈尔滨

上次来哈尔滨是去年3月8日，当天气温为零下17摄氏度，松花江冰封，我在滨洲铁路桥下的江面跑步。此次来这里，正是夏季，白天最高气温为26摄氏度。

早晨5点，我从霁虹桥出发，沿尚志大街经过索菲亚大教堂跑到了松花江畔。只见宽阔的江面波光粼粼，船只川流不息，江边晨练的人很多。

穿过江边的斯大林公园、九站公园，我右转跑上了松花江公路大桥。看着右侧快速向后退去的栏杆和下面滔滔的江水，我想起了曾经跑过的长沙湘江大桥、福州闽江大桥和波士顿哈佛大桥。

下了桥，我跑向太阳岛。耳边仿佛响起了《太阳岛上》

8.16 哈尔滨太阳岛

这首当年流行的歌，我情不自禁地唱了几句。早晨6点的太阳岛，不见人烟，只闻鸟鸣，好像世外桃源，我听着自己的呼吸声和脚步声，边跑边观赏美景。

沿着江边道，我向滨洲铁路桥跑去。前面出现了建筑工地，几个工人在忙碌着，我问他们："滨洲桥可以过去吗？"他们说可以。滨洲铁路桥的两边，分别有一条一米宽的步行道。步行道的路面和两边的栏杆，都是由铁条铺搭而成，左右镂空，往下可见江水。在桥上跑步，刚开始心有余悸，跑过一段，感觉自己在江上飞。可梦幻的感觉刚开始，我就跑到桥头了。

下桥后，我沿江畔路继续往前跑。江边的鱼摊早市人声鼎沸，跳广场舞的大妈一拨接着一拨，我在人群中穿行。看见了松浦大桥在前面，我左转上桥。只见桥下有个小岛，在成片的绿地中，有一条小道，有几个人在跑步。

于是，我下桥跑向那个小岛。路标指示，此岛叫狗岛。在狗岛跑了一圈，加速超过了一个跑者，等我再上松浦大桥时，跑表显示里程数到了21.1公里，半马，用时2小时05分。

从桥上下来，我再次踏上江畔路返回，左边马路上车如流水，右边江上船行不断，路上行人熙熙攘攘，我左突右冲，终于跑到了斯大林公园的尚志胡同口。全程共计25公里，用时2小时25分，平均配速5分50秒。

2014/08/23　北京奥森

又是一个星期六，又是一个长距离拉练的日子。早晨5点半，奥森刚开园，我就和几位跑友开跑了，今天跑步的重点是学习太极跑。

太极跑是美国超级马拉松跑者丹尼·德雷尔提出的一种不费力、无伤害的革命性跑步法。一个美国跑者，将我们古老的中国智慧融入简单的跑步动作当中，令人敬佩。

太极跑的核心是，直立前倾，小步快频，全掌落地，全身放松。以前我跑步的步子过大，腿部肌肉用力，后蹬明显，落地时脚后跟先着地，这导致产生刹车反作用，而且易疲劳，易受伤。

今天我按照太极跑的要求跑。10公里后逐步找到感觉，20公里也不觉得太累。虽然上路前，心里曾想过，今天跑30公里或35公里。但对能否跑完40公里心里还是没有底的。可35公里后，我感觉体力尚可，于是，喝了点水，继续上路，坚持跑完了又一个5公里。这是我3月郑开马拉松后的第一个40公里跑，特别是在我跟腱受伤尚未完全恢复时竟然跑了40公里。太极跑真是一个好的跑步方法。

虽说进入秋季，但天气依然湿热。出汗无数，全身湿透，喝了4瓶水，吃了两块巧克力。跑完40公里，用时3小时50分，平均配速5分46秒。早晨出家门时体重为63公斤，跑完进家门时体重为60公斤。

2014/09/12　西藏林芝

林芝海拔约3000米，青山环抱，绿水环绕。天上的云，似白莲花般，飘浮在空中。很白，白得刺眼，很低，仿佛举手可及。

我见过许多地方的天空，但这里的天空是罕见的。白云是天空的主角，各式各样，布满了天空，蓝天几乎被剥夺了露脸的机会。听当地人讲，每年的5月到10月，都是如此。有诗道，白云生处有人家，我想说，林芝人家屋顶

9.11 西藏林芝

生白云。

　　早晨5点，林芝的天很黑，6点，仍然不亮。我不能再等了。曾经在海拔1500米的兰州跑过，也在1900米的昆明跑过，今天要在海拔3000米的地方跑步，还是第一次，有点兴奋，有点紧张。

　　我小心谨慎，慢慢地开跑。1公里、3公里、5公里过去，感觉还好。我提速一小段，配速到了4分30秒，呼吸急促起来，我放慢速度，调整呼吸，继续跑着。远处青山若隐若现，天上月亮在云朵中穿行。

　　可能是由于这里的绿色植被多，释放出大量的氧气，弥补了高原反应的缺氧问题，在这里跑步，高原反应并不明显。昨天的10公里，配速为6分02秒，今天的10公里，配速为5分54秒。

　　林芝县城不大，街道宽阔方正。也许是太早，也许是人少，也许是为了节电，城里仅有八一大道和平安路两条十字交叉的主干道路亮着灯，其余的道路上一片漆黑。两个早晨，我都在这明亮的十字路上跑过，早起的出租车司机惊奇地看着我，两只小狗欢叫着追了我一段。

18

匀速才能持久

5km	10km	15km	20km	25km	30km	35km	40km
0:26:09	0:51:21	1:16:15	1:41:02	2:06:14	2:31:53	2:57:15	3:23:06

　　这是我在 2014 衡水湖国际马拉松赛（后文简称衡马）的分段成绩，是我参加过的 7 次马拉松赛中配速最均匀的一次，好似给自己当了回"兔子"。

　　衡马今年是第三届，我从第一届就开始关注了。那是 2012 年 9 月 22 日，练习跑步半年后，我在北京奥森首次跑了个全马，3 小时 55 分完成。这一天奥森跑步的人很少，有跑友告诉我，好多人去跑衡马了。我记住了自己的首马日子，当然也记住了同一天的衡马。2013 年的衡马，我看了央视的直播，那优美的环湖赛道给我留下了深刻的印象。2014 年衡马报名开始后，我第一时间就报了名。

　　今年 4 月，为了参加教育部职工运动会 1500 米的比赛，我训练时左脚跟腱拉伤，后又带伤参赛，虽然获得 40 岁以上组第一名，但赛后小腿红肿，脚内侧瘀血，走路都不利落，更不用说跑步了。

　　不能跑步的日子，感觉自己是折断了翅膀的鸟，每当听到那首《隐形的翅膀》感触都很多。虽然受伤不能跑了，但想跑的愿望却越来越强烈，这种愿望就是我隐形的翅膀，她给我力量。

9.20 衡水湖国际马拉松赛

整个备战过程如履薄冰，想尽快恢复，又怕加重受伤，在跑与不跑，跑多与跑少，跑快与跑慢中纠结。纠结中，我艰难地开跑，脚伤也随着训练的进展逐渐恢复。

　　6分半配速、6分配速、5分半配速、5分配速、4分半配速。5公里、10公里、15公里、20公里、30公里、40公里。一个夏天的训练，我的速度逐渐加快，距离逐渐加大。虽然跟腱还有些隐隐作痛，但到赛前，基本恢复了。

　　伤后复出的我，对此次衡马不设目标，量力而行。我的起步配速为5分08秒，在10公里至20公里之内，不断被人超过。平时配速为5分30秒的跑友老鞠，居然跑在我前面，我劝他赶紧降速。

　　10公里后我开始补水。在以后每2.5公里设立的补水点都补充水或运动饮料。在20公里、25公里、30公里和35公里处服用了能量胶。我保持配速跑着，半程后不断地超过别人。这些被我超过的人，显然是前面跑快了，后面掉速。到终点时，我的平均配速为5分04秒。虽说是匀速跑，但疲劳感却随着距离的加大而增加，越到后面越累，感觉

9.24 我的耐克跑步手表显示的总里程

152

不是靠体能来维持，而是靠意志去支撑。

　　衡马的赛道沿衡水湖一圈，大约 30 公里，然后到市区有 10 多公里的一个折返。沿湖的路很平坦，两边鲜花盛开，绿树成行，湖面上雾气蒙蒙，真是个跑步的好地方。当天太阳没露脸，微风习习，气温在 20 摄氏度上下。

　　3 小时 34 分 18 秒，这是我衡马的最终成绩，在男子业余组 6 小时完赛的 1233 人中，名列第 206。伤后复出，能匀速跑完全程，且没有出现任何状况，我感到十分满意。

　　匀速才能持久，持久才会成功，跑马如此，人生如此。

2014/09/24　北京玉渊潭

　　一场秋雨持续了一晚，到早晨才停，天气十分凉爽。今早跑了 12.23 公里，平均配速 4 分 53 秒。

　　今天跑完，耐克表的总公里数显示为 8888 公里，多么有意思的一组数字。这是我从 2012 年 7 月 26 日到今天，两年零两个月共 790 天中，跑过 773 次所完成的总里程。平均配速为 5 分 21 秒，单次平均距离为 11.4 公里。

2014/10/19　北京国际马拉松赛

　　"起来，不愿做奴隶的人们，把我们的血肉筑成我们新的长城……" 8 点 25 分，国歌《义勇军进行曲》在天安门广场响起，3 万名马拉松跑者齐声高唱，那声音威武雄壮，冲破雾霾，在天空回荡。我在其中，激动兴奋，热泪盈眶。虽然雾霾严重，但不能阻挡我们奔跑的脚步。为了这一天，我跑过了春夏秋冬，汗流无数，还不时伴随着伤痛。

　　赛前 3 天，北京开始出现雾霾，而且越来越重。今天早晨起来，污染指数超过了400。6点30分我和跑友老鞠、老袁到了起点天安门广场，大批的跑者不断前来，气氛热烈，大家好像根本没在意天气不好。

本次马拉松的出发顺序是按选手报名的成绩划分区域的，跑得快的，在前面。我属于4小时内完赛的3字头区，在我们前面的是3小时内完赛的2字头区，专业选手在1区。1区、2区的人加起来不会过百，我站在了3区的前排。8点30分，发令枪响过，仅几秒钟，我就跑过了计时毯。

过西单路口，我靠右，到人民银行总行门前，我发现了手拿相机等候的夫人，我冲她喊了声我来了，她慌乱中按下相机快门，照下了我跑过的背影。

北马的这条线路，去年我曾跑过。1个月前的备战，我和跑友老赵在后30公里的线路上跑了一次。靠着昆玉河的蓝靛厂北路是我每天上班开车都要经过的路。奥森南园的5公里一圈是我每周必去的地方。所以，北马的线路，我十分熟悉。虽然对线路熟悉，但并不等于难度降低。尤其是我没有痊愈的腿伤，赛前跑得很少，大部分时间在休息。

本次北马，我不设目标，量力而行，随身还备好了万一弃赛乘车返回的零钱。我一直跟着自己的感觉跑。"330兔子"追上来了，我不跟。有人和我一起跑，我劝他快跑，别耽误了。有人照相，我摆姿势。遇到大上坡，我走几步。到了饮水站，我停下来喝。看见有香蕉，我大口地吃。

半程过去，感觉良好，配速为5分07秒。30公里跑过，情况仍然正常，我想，今天应该可以完赛。一路上，我追上了好几个"330兔子"，想必这些"兔子"一定是跑崩了。进入奥森的5公里，我只当它是平时的训练，但脚步却十分沉重。快出奥森时，跑友老赵追了上来。我们曾约好起点一起跑，没遇见，终点遇上，真是缘分。

10.19 北京国际马拉松赛

在 12 公里、22 公里和 42 公里 3 处，朋友慧靖为我照相。拍完一个点，他骑车到下一个点。当我跑到 22 公里的知春路时，看见他在右侧的辅路飞快骑车超过我，300 米之后，他停车为我拍摄，真是辛苦他了。

出了奥森，大约还有 2 公里到终点。我全力提速，并默数着被我超过的人数，18、19、20……数不过来了。最后我以 3 小时 38 分 25 秒的成绩完赛。

本次马拉松赛，共有 22000 人报名参加全程，完赛人数为 15399 人，我排名 1374。在 55~60 岁年龄组中，排名 60。

手拿完赛奖牌，我第一时间打电话向老家的父母报告平安完赛。接着马上联系在终点等候的夫人。我在众人的欢呼声中跑马，我夫人在默默地做后勤支持工作，马不停蹄，紧张忙碌。早上 7 点她乘地铁出发，8 点多等候在人民银行总行楼前为我照相。然后回家做好中午的饭菜，接着又带上一大杯鲜榨果汁，转两趟地铁，11 点半到终点接我。

当我拖着疲惫的身体，喝上她递上的果汁，心里一股暖意流过。我的每一块马拉松奖牌，有我的汗水，更有她的关爱。假如没有家人的理解和支持，我不可能跑到今天。

2014/10/23 四川阆中

四面环山，三面临水，这就是独一无二的阆中。

清晨出门，天上繁星闪烁，嘉陵江水静静地流淌，远方的山峦层层叠叠，云雾飘绕。古城的石板路，被路边连串成排的灯笼照亮，高悬的各式店铺幌子在微风中飘荡。店门紧闭，不见炊烟，古城的人们，还在睡梦之中。

我在古城奔跑，轻手轻脚，生怕破坏了这里的静谧。

我看见了张飞庙、贡院、风水博物馆，还看见了阆中中学。

喔喔喔，公鸡的报晓声响起，声音在街头巷尾回荡，打破了古城的宁静，迎来了太阳。

10.23 四川阆中古城

19

我又站在了外滩起点

　　2014 年 11 月 2 日早晨 6 点半，时隔一年，我又站在了上马设在外滩的起点。上海是我人生的第一个驿站，在去年的上马中，我创造了个人最佳成绩。我喜欢上海，更迷恋上马。

　　在水泄不通的人群里，在震耳欲聋的音乐中，我闭目养神。7 点发令枪响，我三四秒钟就过了计时毯。这时天空飘起毛毛细雨，没过多久雨大了起来，北风刮得呼呼响，35000 名跑者一下子都成了"落汤鸡"。面对风雨，大家不惧怕，依旧快乐地奔跑。

　　在去年的上马，我跑出了 3 小时 20 分 04 秒的个人最好成绩。之后的一年，我先后参加了郑开、衡马和北马 3个马拉松赛，成绩分别为 3 小时 25 分、3 小时 34 分和 3 小时 38 分，没有一个超过上马。

　　今年上马开始报名时，组委会将去年参赛成绩为男子 3小时 45 分、女子 4 小时以内的人定为"精英"，优先报名，我没有犹豫就报了。其后开放了大众网络报名通道，瞬时登录人数就突破了 200 万。人们惊呼，报名马拉松比跑马拉松还要难。

　　雨还在下，梧桐树叶在风中飘舞。跑过南京东路步行街，踩着地上的积水，因为怕滑，所以我不敢快跑。我的鞋子

里也积水了，每跑一步都会发出声音。路旁的观众打着伞在为我们加油。雨中跑马虽然有些困难，但因为遇上的机会不多，倒别有一番风味。

半个小时后，雨渐渐停了。在过去的二三十年中，这条路我不知去过多少回，但每次不外乎是逛街、购物、吃饭三件事。印象最深的是那一年，女儿两三岁，她走不动路了，我把她扛在肩上，她吃着棒棒糖，我们一家三口走在这里。今天，女儿已长大成人，我却还能在这里奔跑，我为此感到高兴。

10公里跑过，身上被雨水淋湿的衣服干了，汗水又重新将其浸透。马拉松是一项长距离、高强度的运动项目，不经过长期艰苦的训练，要顺利跑完是很困难的。不管是专业运动员，还是业余跑者，跑完全程都是很辛苦的。在赛道上，经常可以见到表情痛苦的、抽筋的、腿疼的、上气不接下气的跑者。但为什么这么多人依然乐此不疲，争相参赛呢？

因为每一次的成功，以及随之而来的收获的喜悦，一般都与付出成正比。付出越多越艰难，收获越多越开心。90%的人通过训练是可以完成马拉松的42.195公里的，但这仍然富有挑战性，真正完成马拉松的人不到千分之一。这主要是由于人们心理上的恐惧，以及缺乏持之以恒的训练。

马拉松跑过35公里之后，人的体力消耗通常会达到极限，后面的7公里多，要靠毅力去坚持才能完成。但一旦跑到终点，那种成就感、愉悦感难以言表，这就是马拉松的魅力所在。

上马的赛道有好几处折返。在折返点减速，或者走几步，这对于我们业余跑者来说没什么关系。可是旁边赛道上迎面而来的跑者，却极大鼓舞了我们。每逢此时，我总是边跑边寻觅迎面而来的跑友，每次遇到，我们都相互鼓励，大喊加油。

我两年内跑了 8000 公里，每天差不多跑 10 公里。许多人听了会惊讶。假如在我开始跑步之前，我听了也同样会吃惊。但跑起来了，就会觉得这很平常。受我的影响，我的两位朋友也开始跑步，他们一位 40 岁出头，一位年近 60 岁，开始跑步一年多，5 公里、10 公里跑如家常便饭，还先后跑完了半马和全马。如今，他俩又在鼓励身边的人开始跑步。为什么跑步具有如此大的感染力？我想，只有亲自体验过跑步的乐趣后才能知道答案吧！

20 公里的里程牌过去了。我手表上显示的时间和组委会设置的官方时间几乎相同，这是因为起跑时我站在了最前面。15 公里以后，每个饮水站我都喝水，但不停下脚步。

2 周前的北马，我带伤 3 小时 38 分完赛。北马后的第二天我就去四川出差，连续两天在盘旋的蜀道上行车，里程超过 1000 公里，下车后膝关节疼痛加剧。那天在阆中古城，我只跑了两公里就无法再跑下去了。接下来的一周我停跑休整，但上肢力量训练照常进行。随后的几天，膝关节疼痛逐渐消失。但能否顺利完赛上马，我的心里并没有底。

跑到 25 公里时，我忽然想起身上没带钱，万一由于伤痛退赛，我无法打车去终点，到时只好坐组委会的收容车了。所以，我量力而行，没有去拼抢，配速维持在 5 分之内一点。也许是心情放松，没有压力，我一路跑下来，十分顺利。

本次上马，组委会在沿途安排了许多身穿黄色马甲的摄影师，为选手照相。我数次与摄影师正面相遇。赛后，我从上马官网找到了 69 张照片。当我高举双手，冲过终点时，计时牌显示的时间为 3：28：27，摄影师拍下了这一画面。

完赛时，天晴了，太阳出来了，可我的鞋子里仍然是湿的。

11.2 上海国际马拉松赛终点

脱下鞋子，发现脚指头被磨出了 3 个血泡，哈哈，就当是上马送我的礼物了。

此次上马结束，我今年的赛事就全部完成了。今年一共参加了 4 个马拉松，前一年参加了 5 个，总计 9 个。明年已报名的比赛是 1 月的厦门马拉松、2 月的东京马拉松、4 月的波士顿马拉松。

参加的比赛多了，对成绩反而不那么追求了。因为每次比赛都有许多不确定因素，一味追求成绩的提高是不现实的。享受过程、快乐开心是最重要的。

2014/11/10　辽宁葫芦岛

清晨，一轮红日从大海的尽头冉冉升起，阳光洒落在起伏的波浪上，泛起一串串金色的光芒。海鸥在逐浪嬉戏，渔船在迎风撒网。

从海辰路出发，沿滨海南路，面朝大海，我在奔跑。气温已低至零下，木栈道上结了一层白霜，有点滑。冷风中，路边的银杏叶子依然金黄，这是秋的坚持。跑过了秋天，我将迎来冬季。寒风、冰雪将成为我新的伙伴。

我相信，奔跑着，这个冬天不会冷。

2014/11/16　北京玉渊潭

初冬的晨雾笼罩着玉渊潭的湖面，朦胧之中，湖边的景色好似初春的江南。太阳出来，薄雾消散，只见落叶缤纷，花败草黄。季节的冬去春来，人们无法改变。喜欢春天，但春天不会常在；不喜欢冬天，但冬天仍会到来。

人生在世，苦难多于快乐。热爱生活，就不要怕吃

11.10 辽宁葫芦岛

苦。只有吃够了苦，才会享受到甜。跑步可以让我忘记烦恼、消除痛苦；让我振奋、让我快乐。假如我可以选择死去的方式，我愿意在奔跑中死去，而不愿意在医院里因抢救无效而死去。

早晨尝试用前脚掌落地法跑了10公里，用时49分49秒，平均配速4分58秒。

2014/11/22　北京奥森

今天是二十四节气中的小雪，北京阳光灿烂，空气质量优。周末去奥森跑步已经成为我休息日的头等大事。出国3年半后回家的女儿今天也一起来到了奥森，这是我跑步以来第一次全家到奥森跑步。

女儿朝气蓬勃，活力四射，一开始跑得兴高采烈，过一会儿就喊没劲了。我们各种鼓励齐上，效果明显。最后女儿和妈妈一起跑完了5公里，这个5公里成了她至今跑过的最远距离。看着女儿跑步，我很开心，希望她能坚持跑下去，健康快乐地生活。

2014/11/29　北京奥森

每个周末去奥森跑步，总会看到一个摄影师在拍摄跑步的人，他就是摄影师崔庆育。今天我跑过南园的北边，老崔抓拍了我跑过的身影。

常去奥森跑步的人大多都认识他。从2013年5月开始，老崔每周都去奥森拍摄跑步的人，他用相机记录跑者追随阳光的瞬间，用画面呈现跑友在奥林匹克森林公园的春夏秋冬。他拍摄的照片不计其数，全都上传到网上，供跑友

12.6 北京奥森

免费下载。我常去网上看老崔拍的照片，他的用光和构图都很讲究，受到跑友好评。

拍照人人都会，拍摄跑步照片也不难。老崔让我敬佩的是，人人都会做的事，他在奥森坚持了一年半。这有点像跑步，跑步人人都会，但坚持很难。老崔对我说，他会一直坚持拍下去。

随着时间的推移，老崔所拍摄的照片越来越多，越来越有价值。通过他的镜头，我们可以认识跑者，感受跑者的精神状态，并从一个侧面了解社会。

我在奥森跑步，多次被老崔拍到，最早的一次是2013年6月。我会在奥森一直跑下去，也希望每个周末都能见到老崔。

2014/12/08　北京颐和园

一轮明月高悬在夜幕中，冰封的昆明湖上泛起一抹银白。黎明前的颐和园静谧安详，听着自己的呼吸声和脚步声，我在奔跑。

早晨5点，我沿着昆玉河东侧，由玉渊潭跑到了昆明湖。当手表显示跑过的里程到了10公里后，我从颐和园出来，沿昆玉河西侧跑回了玉渊潭。今天跑了21.1公里，用时2小时03分27秒。

每天的晨跑，都是披星戴月出，太阳升起归。虽然天气很冷，但每天都大汗淋漓。在寒冷的冬季，我用跑步燃烧自己，温暖自己的心。

12.12合肥工业大学

20

3组半马5连跑

2014/12/21　北京昆玉河畔

天空湛蓝，白云连片。早晨 7 点 10 分，我跑回到了玉渊潭。此时手表显示的公里数为 21.1 公里，我停下了脚步，按停了计时表。5 点 10 分我从玉渊潭出发，沿昆玉河畔的蓝靛厂路、昆明湖东路跑到颐和园，然后折返，共计用时 2 小时 11 秒。

今天晨跑的结束，意味着我的 3 组半马 5 连跑全部完成。从 5 日到 21 日的 17 天中间，我将 5 天分为 1 组，连续 5 天跑完 5 个半马，休息 1 天，然后再重复。17 天中跑了 15 天，休息了两天。15 个早晨的跑步，我跑完了 15 个半马，总计里程 316.5 公里。

进入寒冷的冬天后，我将晨跑调整为慢速度长距离跑。5 日早晨，我用 5 分 30 秒的配速跑了 21.1 公里，一个半马，感觉很轻松。之后又连续跑了两天，状态仍然不错，于是想再跑两次，凑个半马 5 连跑，结果顺利完成。

10 日我乘早班飞机去合肥出差，那天北京空气质量为重度污染。车行到机场附近时，突然雾霾来袭，能见度仅 10 米左右。等雾散了飞机才可以起飞，我在飞机上坐着等了 4 个小时。那天我没有跑步，休息了一天。

合肥冬天的气温没有北京那么低，湿度大，空气也好些。机会难得，不容错过。在合肥的 3 天，我每天早晨摸黑起来

12.24 广州珠江绿道

跑步，又接连跑了 3 个半马。13 日晚上回北京，14 日、15 日两天继续跑完了两个半马。第二个半马 5 连跑又完成了。

16 日北京刮大风，空气质量优，是跑步的好日子。但由于之前跑步强度太大，我强迫自己休息了一天。17 日早晨跑步，不知不觉又跑了个半马。我心里想，是不是可以开始第三个半马 5 连跑了。于是 18 日、19 日两天早晨的半马又轻松完成。

20 日是星期六，早晨 5 点的空气质量为优，污染指数仅为 8，无风。我从玉渊潭出发，跑到颐和园东门后右转，在新铺设的北京绿道上环绕海淀公园跑一圈，再沿昆玉河往南返回玉渊潭。

20 日晚上刮起了大风，我被风声吵醒，2 点起床关好门窗，继续睡觉。后来做了一个梦，下雨了，我在雨中跑步。

21 日是星期天，我早晨 4 点 10 分起床，做好各种准备工作后，5 点 10 分开始跑步。呼啸的北风，宽敞的马路，明亮的路灯，没有车也没有人，只有我在奔跑。虽然气温只有零下 5 摄氏度，但我依然汗流浃背，全身湿透。

3 组半马 5 连跑的完成，是我挑战自我的又一次成功，令人高兴。这同时也表明，我的训练、休息、饮食安排合理，我的体能又有了可喜的提高。

2014 年即将过去，我用跑步让自己"逆生长"一年。我将奔跑着迈进 2015 年。

12.24 广州中山大学

2012

2013

2014

2015

1.3 厦门国际马拉松赛

2015/01/03　福建厦门

　　面朝大海，冬暖花开。时隔两年，我又站在了厦马的起点，这是我的第十个马拉松。

　　厦马赛道被誉为最美的马拉松赛道。2013 年 1 月，跑步半年多的我，意外地在厦马跑出了 332 的成绩。今日重来，好似拜访两年不见的好友，十分亲切。天还是那么蓝，草还是那么绿，花还是那么红，就连温度、湿度和风力都和两年前相似。本次比赛，我的目标是跑进 332，比上次厦马成绩好就行。不追求成绩的突破，只享受赛道的美好。

　　作为北京跑吧的代表，我以海峡两岸城市马拉松邀请赛选手的身份参赛。出发被安排在专业选手之后，业余选手之前。没有拥挤的人群，发令枪响后仅 5 秒钟我就过了起跑线。在 7 公里左右的会展北路，我如约见到了家住赛道附近的表妹，她在那里等候，为我拍照，为我加油，真是十分难得。

　　前半程我的配速在 4 分 50 秒以内，跑得略快，为的是给后半程掉速留些余地，确保全程平均配速在 5 分以内，从而跑进 332。到了后半程，陆续有"330 兔子"超过我，我看了手表，还有余地，所以没有跟随。

　　本次厦马共有 45000 人参赛，其中全马 25000 人，半马 20000 人。起点在五通灯塔公园，沿环岛路在 22 公里处的厦大白城折返，再沿原路返回到五通灯塔公园。

　　我喜欢折返赛道，因为在到达折返点之前，我能看见跑得比我快的人；过了折返点之后，我又可以看见跑得比我慢的人。看见快的，我受到鼓舞，努力加油；看见慢的，我获得安慰，不言放弃。

　　当我跑到 17 公里时，第一方阵领先的黑人运动员已经折返过来了，像一股快速移动的黑旋风，此时他们已跑了 27 公里。那阵势真是壮观——前面警车开道，旁边摄像车跟拍，后面还有摩托车保驾护航。紧跟后面陆续跑过来的是国内能跑进 3 小时的高手。

受到高手的鼓舞，我也像打了兴奋剂，更加有劲了。9 点 45 分，我跑过了半程。右侧是半马的终点，可是这里一个人也没有，20000 名半程选手，难道没有人在这个时间段到达终点？

过了 22 公里的折返点，越往后跑，左侧道上还没到折返点的跑者就越来越多，有时宽阔的马路都被堵住了，好多人不是在跑，而是在走了。

42.195 公里的长跑，不管是对专业跑者还是对业余跑者，都是有难度、有压力的挑战。但为什么大家都义无反顾、前赴后继地向终点跑去呢？也许每个人的答案不尽相同，但有一点肯定是一样的——他们愿意吃苦、乐于付出。其实这就足够了，因为有付出，必然会有收获。

每一次参赛，对我来说，都是一次美好的经历。我享受奔跑的感觉，享受那种从里到外的自由自在、无拘无束、酣畅淋漓的感受。特别是终点前的冲刺，更让我激动、振奋。只有此时，我才能找到真正的自己。

跑到 40 公里时，我看见计时钟显示为 3 小时 19 分。要进 332，留给我的时间只有 13 分钟了。我全力以赴加速，冲过终点时的成绩为 3 小时 30 分 08 秒，净成绩为 3 小时 30 分 03 秒，平均配速 4 分 57 秒，完成了事先设定的目标。

停下奔跑了 3 个半小时的脚步，我回头望了一下终点的牌楼。终点很热闹，有人兴奋，有人痛苦，我平静地离开了，因为马拉松已成为了我生活的一部分。

感谢赛道沿途的多位摄影师，为我拍下了百余张照片，记录了我厦马的全过程。

2015/01/08　南京长江大桥

1968年建成通车的南京长江大桥，是长江上的第一座大桥，当时通车时万众瞩目。在其后的好几十年中，人们去南京，都要去长江大桥看看。

我大约是20世纪70年代初第一次去了大桥。当时看了很是震撼，我从没见过这么大的桥，还是双层的，上层走汽车，下层走火车。站在南端的桥头堡向北望去，不见尽头。我曾尝试着走到江北，但怕太远，最终还是放弃了。后来又去过好几次，每次都是在桥头堡附近走走，或是去大桥下的公园转转。

这次到南京出差，出发前就计划要跑过长江大桥。早晨6点我来到了桥头开始跑。沿着南引桥一路上坡，大约2公里到达南桥头堡；从南桥头堡到北桥头堡之间为正桥，长度为1.6公里；北引桥为1.2公里，往返共计9.7公里。

桥上车流滚滚，人行道上电动车、摩托车擦身而过，我被挤在人行道的最里边慢慢地跑着。一列长长的货运火车从下层的铁路上驶过，虽然天还没有全亮，但火车的轰鸣声、汽车的喇叭声交织在一起，充斥了我的双耳。我听不见自己的呼吸声，也听不见自己的脚步声，仿佛被大桥淹没了，这么大的桥上，只有我一个人在奔跑。

20世纪70年代初的白天，桥上没什么车，人行道上也几乎无人。40多年过去了，桥上堵车了，我能跑着过江了，这世界变化真大。今天往返跑桥共计用时50分14秒，平均配速5分10秒。

1.8 南京长江大桥

2015/01/10　北京奥森

一年一度的北京跑吧年会于今早8点在奥森举行。版主小天、宁静、小丁和50多位跑友前来参加。虽然天气寒冷，但大家都兴高采烈。

首先举行的是按星座组队的接力赛。4人一组，每人跑一圈5公里，最后一圈4人同跑同时到终点。我跑的是第三棒，第一个5公里用时23分32秒，第二个5公里用时24分34秒。接下来的活动是大家抽签交换小礼物，最后聚餐。

我参加北京跑吧这个跑步团体有两年了，和跑友们一起训练、一起参赛、互相帮助，收获很多也提高很多。跑友们无论男女老少，个个充满活力，人人健康向上，都是我学习的榜样。

2015/01/16　北京玉渊潭

今早4点半起床，准备跑步。往窗外一看，远处的路灯依旧朦胧，预报的4级北风还没有来，大地继续被雾霾笼罩着。打开电脑查看空气质量，5点钟显示的污染指数为495，据说前半夜指数超过了500。我只好打消跑步的念头。

5点半，窗外有风声了，有跑友在微信中说起风了。6点钟，风力加大，污染指数快速降到190。我赶紧出门，跑进了玉渊潭公园。迎着呼啸的北风，我沿湖奔跑。天色仍未亮，眼前的天地灰蒙蒙地连在一起，有一阵子，我感觉像是在梦境中奔跑。风越刮越大，空气越来越好。跑完10公里时，太阳出来了。这次跑步用时52分10秒，平均配速5分13秒。

白天的空气质量一直是优。上班后在网络上得知歌手姚贝娜癌症复发，正在医院抢救的消息。那年央视青歌赛我看了她的演唱，很喜欢她的歌，也欣赏她的气质。祝福她早日康复。

　　为了不辜负这好天气，我又去玉渊潭跑了 10 公里，用时 48 分 56 秒，平均配速 4 分 54 秒。今天一日两跑，早晨从天黑跑到天亮，傍晚从天亮跑到天黑。回家的路上我在想，给我蓝天，有块烧饼，可以跑步，这对我来说就是幸福。

　　进家门后，从网络获知姚贝娜不治病逝，年仅 33 岁。一个年轻鲜活的生命消失了，真是可惜。临终前，她还决定捐出自己的角膜，令人感动。我会记住她的歌声，记住她充满青春活力的样子。

　　生命看起来漫长，细数起来却是十分的短暂。我们活着的人，一定要好好珍惜每一天。

10000km

856 11.66 km / 次
894 h 05:22 / km
660,688 cal

1.21 我的耐克跑步手表显示的总里程

21 跑完 10000 公里

2015/01/21 北京奥森

今早 4 点半起床，北风呼啸，空气质量为优。不到 5 点时我出门，在长安街上跑了 10 公里；下午下班后，又去奥森跑了 10 公里。一日两跑，庆祝自己跑完 10000 公里。

我跑过的国内城市有 36 个，东到上海、西到喀什、南到儋州、北到漠河；我跑过的江河有长江、黄河、黑龙江、松花江、嘉陵江、珠江、湘江、闽江和京杭大运河；我跑过的国外城市有多伦多、波士顿；我跑步最常去的地方是北京玉渊潭公园和奥林匹克森林公园。

万里长跑，让我意志更加坚定、心态更加平和、思维更加敏捷、身体更加健康。跑步已经成为我的一种生活方式。

2015/01/31 北京奥森

今天我在奥森跑完了一个全马，用时 3 小时 28 分 05 秒，平均配速 4 分 55 秒。这真是个意外的惊喜和收获。为什么说意外？因为一切都没有事先计划。

早晨 6 点的温度为零下 5 摄氏度，空气质量优。太阳还没出来，我就开始在奥森跑步了。为了备战 20 多天后的东京马拉松（后文简称东马），我计划今天跑 30 公里，最多 35 公里。起步配速就进入了 5 分。虽然衣裤都穿了两件，

2.1 家中动感单车训练

脸上蒙了运动头巾，还戴了手套，但依然全身冰凉。

　　跑了 5 公里后身体开始发热，10 公里后出汗。跑到 15 公里时，我把蒙在脸上已经湿透的头巾往下拉到脖子处，没跑几步，头巾就结冰变硬了。20 公里时我停下喝了几口水，脱下了湿透的外衣外裤之后，继续开跑。此时跑表显示，20 公里用时 1 小时 40 分，平均配速在 4 分 40 多秒。

　　脱衣之后，跑起来感觉轻松了，但也觉得冷，我只好加快步伐，让身体再燃烧、发热。又跑了一个 10 公里之后，我第二次喝水。此时，我感觉还有劲，就继续上路。跑到 35 公里时，跑表显示用时 2 小时 58 分。

　　没有丝毫撞墙的反应，腿脚也正常。我想再跑 7 公里，完成一个全马。当跑到手表的公里数显示为 42.2 公里时，我止步停表，此时总计用时 3 小时 28 分 05 秒，平均配速 4 分 55 秒。这是我第二次在奥森跑了全马，第一次是 2012 年 9 月 22 日，那是我的首个练习马拉松，时间进了 4 小时。

　　这次跑完全马，事先并没有计划。早餐吃了一个苹果、两个烧饼，还有一碗酸奶。跑步中间补充的水是自带的蜂蜜加盐水。以往每次跑完全马，双腿肌肉乳酸聚集，好几天走路都会感觉双腿酸疼，而这次跑完之后，人感觉很轻松，双腿不酸不疼，就好像是一次例行的晨跑。这是让我感到最为意外的。这次全马的速度比月初的厦马还快 2 分钟呢。是不是我又变强大了一点呢？

　　从天黑到天亮，3 个多小时的奔跑，我坚持着。肉体的挣扎和痛苦，会带来精神的轻松和愉悦。跑着跑着，我不时地会进入一种忘我的状态，仿佛灵魂在自由地飞翔，我喜欢这样的状态，也许这就是我喜欢跑步的原因。

时间：2012. 7. 27—2015. 1. 21

马拉松成绩：3:59:45（2012. 9. 22 北京 练习跑）
　　　　　　3:57:23（2012. 12. 8 广州 练习跑）
　　　　　　3:50:04（2012. 12. 15 海南）
　　　　　　3:32:59（2013. 1. 5 厦门）
　　　　　　3:42:24（2013. 5. 25 天津）
　　　　　　3:27:38（2013. 10. 20 北京）
　　　　　　3:25:45（2014. 3. 30 郑开）
　　　　　　3:34:18（2014. 9. 20 衡水）
　　　　　　3:38:25（2014. 10. 19 北京）
　　　　　　3:28:27（2014. 11. 2 上海）
　　　　　　3:30:05（2015. 1. 3 厦门）

跑步里程：10000 公里

最佳成绩：
1 公里：03:36
5 公里：20:01
10 公里：40:30

总时间：894
总天数：864
总次数：856
单次平均里程：11. 66km
平均配速：5:22/km
总热量消耗：660688cal

2015/02/04　北京玉渊潭

今天是农历腊月十六，立春。昨晚的大风驱散了雾霾，早晨 5 点出门跑步，扑面而来的空气难得的清新。深蓝色的空中高悬着一轮圆月，散发出金色的光芒。

伴着月光，迎着北风，踏着树影，我跑了 15 公里。冬天即将过去，春天要来了。整个冬天，我没有停下脚步，跑步让我在寒冷的日子里变得更加强大。

2015/02/07　北京奥森

上周六，我在奥森用 3 小时 28 分 05 秒跑完了一个全马。一周后的今天，仍然是星期六，在奥森，我用 3 小时 36 分 23 秒再次跑完了一个全马。这是我跑步两年多以来，第一次间隔一周跑完两个全马。

今天的空气质量为优，风力 4~5 级。早餐我吃了一个苹果，一碗酸奶，两个烧饼。6 点半到奥森时，天还是黑的，园内的路灯亮着。我从南园南门开跑，然后进北园，在北园跑完 3 圈再返回起点。

我奔跑着。太阳露脸，东方渐白，没过多久，红色的霞光弥漫天际。当我在北园跑过一圈再次向东跑去时，只见天上的白云被霞光染成了玫红色，绚丽极了。我今天穿的跑步服是绿色的，真是红配绿，最美丽啊！

随着太阳冉冉升起，天上的景色在不断变化，地上的万物也慢慢显露真容，我跑过的路程越来越长，身上的汗水一点点把衣服湿透。此时的我，仿佛融入了大自然的画卷中，尽管很渺小，但充满活力。

重回奥森南园南门时，我已跑完了 20 公里，平均配速为 5 分 08 秒。我停下喝水，吃香蕉，和在这里聚集的北京跑吧的十多位朋友合影，然后继续独自上路。跑了 2 公里左右，鸿玉、孙杨、可爱多 3 人追了上来，我跟上他们时的配速为 4 分 40 秒，比我一人跑时快很多。

4 人组成的方队保持匀速跑动着，没有人说话，只有脚步声和呼吸声。再到南园南门时，我跑完了 30 公里。停下喝水后我再次上路，跑到北园南口时，我没有犹豫就拐了进去，这意味着我没有退路了，等再见南园南门，那就是 40 公里以后的事了。

前 10 公里的快速跑消耗了太多体力，最后的 10 公里开始掉速，但我咬牙坚持。说到跑步，少不了吃苦，离不开坚持。但时间长了，吃苦就变成了习惯，坚持就变成了乐趣。

最后我以 3 小时 36 分 23 秒跑完全程，平均配速 5 分 07 秒。

22 高举五星红旗冲过东马终点

2015 年 2 月 22 日，当地时间 12 点 42 分 51 秒，我高举着五星红旗，兴奋无比地冲过了东马的终点线。作为一个中国人，我感到光荣和自豪。

东马是世界六大马拉松赛事之一，我一直期待着有机会去参加。去年 8 月东马报名截止前的最后几天，我在官网报了名。一个多月后，接到组委会通知，报名成功了。为了参加东京马拉松，我做了多方面的准备，还专门设计制作了印有"中国"英文字样的参赛服。

比赛前夜，东京下了雨，气温骤降。22 日早晨气温为 4 摄氏度。在起点的 80 号车存好衣物，我穿上了比赛的短衣短裤，真是有点冷。幸好事先备了塑料雨衣，但穿着仍然感觉冷。我旁边的人，大多数都穿着长衣长裤，好多人还戴了帽子和手套。我想挤进人群里取暖，可大家都有礼貌地站得较开，我只能原地蹦跳来热身。

9 点 10 分准时鸣枪开跑。我在 C 区出发，过起点的时间用了 2 分 22 秒。在起点门楼左侧，摆放了一排礼炮，起跑时向空中投放了碎纸礼花弹，我跑过去时，纷纷扬扬的碎纸花还在漫天飞舞，一派欢乐的节日气氛。

本次东马参赛总人数为 36000 人。其中日本人 31754 人，外国人 4246 人，按人数多少排列依次为，中国 2353 人、

2.22 东京国际马拉松赛

美国 708 人、英国 295 人、澳大利亚 223 人、西班牙 177 人、印度尼西亚 170 人、韩国 160 人、德国 160 人。

　　日本参赛的年龄最大的跑者，男子为 90 岁，女子为 80 岁。国外参赛年龄最大的跑者，男女均来自美国，男子为 79 岁，女子为 74 岁。

　　东京市市长在起跑前半个小时就站在看台上，目送每一位选手出发。等全部选手通过后，他又赶去终点，迎接到达终点的选手，一直等到关门时间内最后一名选手到达。东马的关门时间为 7 小时。

　　东马是我跑步两年多，参加了 10 个国内马拉松后的第一个海外马拉松。机会难得，没有刷新个人最佳成绩的打算，我计划拿着相机，一路观景看人、边跑边拍，给自己定的完赛时间为 3 小时 30 分。在头 10 公里，赛道人多拥挤，跑不开。我和跑友杨建国两人一起，我拿照相机，他拿摄像机，边跑边拍。有一位金发老外看我手里拿着相机在跑，过来问我要不要帮我拍照。

　　10 点 10 分左右，我看见第一方阵的选手折返后从左侧迎面向我们跑过来，好像一股黑旋风刮过。人群中以黑人选手为主，旁边跟随的摩托车是黑色，连驾驶员以及后座摄影师的头盔和衣服也都是黑色。我赶紧拿起相机，拍下了一张充满黑色的照片。

　　跑过皇居东御苑，第一个 10 公里，计时钟显示我用了 53 分钟。为了寻找对面折返过来的跑友陈浩，我一直靠路的左侧跑着。看了几次表，发现配速在往下掉，再看里程数，却一直不变，我确定是手表的 GPS 掉线了，于是停表重启。重启后的手表显示，配速进 5 分了。前段数据的中断，影响了我对全程跑步情况的了解，我只好看每 5 公里路边计时车上的时间，调整自己的配速。

东马的比赛线路全部在繁华的市区，道路平坦，经过了几乎所有的著名景点，如新宿、皇居、日本塔、浅草寺、银座、日本桥、筑地市场等，其中大部分的线路为折返线。十多年前，我曾到过东京，上述景点都曾去过。除了历史文化景点之外，当时街上高大的现代化建筑和繁华的商场也给我留下了深刻的印象。

今日我再来，看见的基本上是旧貌。而国内十多年的快速发展，明显缩小了两者之间的差距。日本人和中国人外貌上没什么区别，街上的建筑风格和国内大城市也没什么不同，商店的招牌上还会出现一些我认识的汉字。在3万多日本人中间跑马，没觉得是在国外，因为根本分不出谁是老外。而金发碧眼的白人只是偶尔才能看到，这和国内的马拉松赛类似。

东马从起点到终点，赛道两旁的观众人数达200万人，算下来，42.195公里的长度，平均每米有47人。他们不停地大声呼喊，为选手加油。在我的耳边，加油声从未停息过。看到我穿着印有中国字样的上衣，他们对着我大喊："中国加油。"好多观众伸出手来与我击掌互动。有一个来自国内的跑者，冲我跑过来说："兄弟加油！"

当天的天气阴冷，观众们大多穿着棉衣，穿着短衣短裤的我尽管在跑，双手也一直冰凉。赛道两旁热情的观众此起彼伏的加油声和他们的微笑让我倍感温暖，我不断地回应他们的呼喊，与他们互动。我觉得如果不尽力跑，会对不起这些热情的观众。他们大多全家出动，在寒风中站立了好几个小时。

2.22 东京国际马拉松赛

我看见一位日本选手，跑过去与在赛道旁等候的妻子热烈拥吻；还看见一位年轻的爸爸，从妻子手中接过三四岁大的女儿，将她高举过头顶。在亲人的加油声中，他们兴高采烈地再上赛道。

在赛道沿线，共安排了 28 处音乐、歌舞和民间传统艺术的表演，真是热闹。如防卫省前的自卫队管弦乐演奏、皇居外的警察交响乐演奏、新月岛公园门口的和太鼓演奏等。

跑的过程中，两位身穿制服的警察快速超我而去，我也不时超过有医疗救护标志的慢跑者。警察和医生在赛道上跑动，就是为了在第一时间处理突发情况。

东马官方的补给十分充足，沿途观众自发提供的补给更是丰富，假如抵制不了诱惑，一定会让你吃得跑不动。

跑到 35 公里时，我看见计时钟显示为 2：57：45。这个里程通常是撞墙的多发地，可我依然体能充沛，于是我开始加速。赛前的一个月内，我在北京奥森跑了两个全马，一个 3 小时 28 分完成，另一个 3 小时 36 分完成，月跑量为 350 公里。北京的气温比东京要低很多，这些前期的训练，确保了我今天比赛状态稳定。

从 35 公里开始，我不断地超过别人。跑到 40 公里时，我感觉就像是每天例行的 10 公里晨跑快要结束了一样。过了 42 公里了，还有最后的 195 米，我取出了放在腰包里的五星红旗，双手高举着。红旗飘飘，我兴奋无比地冲过了终点线，摄影师拍下了这令人难忘的一刻。

从起跑开始，东马官网就在实时更新每一位选手每 5 公里的比赛数据，只要输入选手号码即可查看。我在跑时，国内的跑友在网上跟踪；等我跑完时，我自己都不能确定最后的净成绩，国内跑友通过微信发来了我比赛的全部数据，并恭喜我 330 完赛。

2.22 东京国际马拉松赛

我最后的赛会成绩为 3：32：50，净成绩为 3：30：28，圆满完成了赛前 3 小时 30 分的预期，一分不差。在所有实际参加跑步的 34033 人中，我排第 4020 名；在年龄段（55~59 岁）的 2113 人中，我排在第 169 名，这是我马拉松排名最差的一次，我的这个成绩，在国内通常可排在 1000 名以内。不是我跑得差，而是其他人跑得快。

本次东马，成绩 3 小时内的选手有 1200 多人，3 小时 30 分内的有 4000 多人，4 小时内的有 8000 多人。国内顶级三大马拉松赛——北马、上马、厦马，优秀选手的人数加在一起也比不上一个东马，由此可见，东马水平之高，日本人跑步能力之强。而这还仅仅是每年抽中签前来参赛的 10% 的人，还有 90% 的人在等待下一次机会。

我在终点等候老杨，等了半个小时也没看见他，我冷得开始发抖了，只好离开去取存衣包。面带微笑的志愿者鼓掌欢迎我，为我挂上奖牌，披上完赛浴巾。我顺着通道向前走去，夹道站立的志愿者依次为我递上橘子、香蕉、饮料等。每个环节，每位志愿者都微笑着鼓掌迎送。

进入领取存衣包的大厅，地上密密麻麻有序排列的存衣包有 3 万多件之多，我从未见过如此大的场面。领衣的选手很少，我走过时，一排身穿黄色服装的志愿者列队鼓掌，欢迎我，并很快为我取到了我的包。他们还告诉我，去下一个大厅换衣服，那里比这里暖和。

东京地铁公司是本次马拉松的赞助商，公司为全体参赛者提供了一张一天不计次数的地铁票。除了地铁公司，还有许多企业给比赛提供了赞助。电视台 7 小时的实况转播，头两个小时重点拍摄专业选手，后 5 个小时把镜头全部投向业余跑者，其中还穿插播放跑者的故事。

主办者在比赛细节上的种种设计和安排，处处以人为本，为选手着想。赛会志愿者的周到服务，观众的热情加油，使得每一位选手，不论跑得快慢，都会觉得自己受到了英雄般的待遇。所有这些，都充分体现了主办方对参赛选手、观众以及整个城市的尊重，得到了大家普遍的好评。也许这就是为什么仅仅用了 6 年时间，东马就进入世界六大顶级赛事行列的原因。

2015/02/23　东京浅草

浅草位于东京市台东区，是日本现存的具有"江户风格"的民众游乐之地。浅草寺是浅草的中心，创建于公元 628 年，是东京最古老的寺庙。浅草寺的象征是风雷神门，上面挂着写有"雷门"两字的大红灯笼。该灯笼高约 3.9 米，直径 3.3 米，重约 700 公斤。昨天跑马拉松时，我就从此门经过。寺西南角有一座五重塔，为日本第二高塔。寺东北角的浅草神社，造型典雅，雕刻优美。寺前的仲见世是一条很热闹的街道，这里有许多出售各色纪念品和特色小吃的小店，每天都是人山人海。

今天我起了个大早，6 点就到了浅草。此刻的浅草人烟稀少，寺庙开着门，店铺关着门，没有了平常的喧闹。昨夜下了一场雨，今早地上还是湿的。我在这不大的地方跑步，不断地往返、不断地转圈、不断地看景，跑着跑着，感觉梦回大唐。最后我跑到"雷门"大灯笼前，请过路的行人为我拍照。拍完后打开相机看照片，巨大的灯笼下，四周空无一人，我双手高举，仿佛托举着灯笼。

2015/03/08 北京玉渊潭

连续3天重度雾霾，空气污染指数超过了300，我只好停止跑步。但早晨起床，我并没有歇着，每天骑半个小时的动感单车，也挥汗如雨。

天气预报说，今早6点，五六级西北风将进京，天气会好转。可是一个上午都未见风的影子，登高远望，京城仍处在朦胧之中。中午11点多起风了。大风来势凶猛，不到1个小时，雾霾被一扫而光，湛蓝的天空中飘来了白色的云。

对我来说，蓝天白云就是最好的礼物。下午2点，我到奥森开始跑步。先在南园跑了1圈，接着在北园跑了5圈。风一直在刮，时而推着我，时而拦着我。我不停地跑，汗不停地出。路边的迎春花露出了小黄叶，春天要来了。春夏秋冬，每周末的奥森跑步，已经成为我生活的一部分。我把汗水洒在了那里，每一株草木、每一寸跑道都见证了我的坚持。今天总计跑了33公里，用时2小时51分25秒，平均配速5分09秒。

2015/03/28 北京玉渊潭

雾霾连续不断，跑步中断了好几天。昨夜起风了，今天早晨空气不错。我5点起床，不到6点就在玉渊潭公园开始跑步。跑完15公里，满身是汗，久违的愉悦感充满全身。

风一直在刮，8点多钟，天空逐渐尘土弥漫。沙尘暴来了！到了中午，空气污染指数爆表，数值为500，其中PM10的指数达到了1000，真是可怕。在门窗紧闭的家中向外眺望，远处的西山消失了，近处的电视塔模糊了。下一个蓝天何时出现，下一次跑步会在哪天，我期待着。

2015/04/02　北京三里河

京城蓝天难得，春雨更是贵如油。半夜醒来，听见窗外滴答滴答地下起了小雨。早晨起床，雨还在下。干涸的土地终于被雨淋了个透彻，有些地方还积了水。

5点刚过，伴着灯光，迎着细雨，呼吸着清新而又湿润的空气，我开始跑步。依次跑过翠微路、阜成路、三里河、复兴路，刚好10公里。

2015/04/07　北京玉渊潭

今天是我的58岁生日，也是我开始跑步3周年纪念日。

早晨4点30分起床，气温4摄氏度，PM2.5指数18，是个十分罕见的好天气。5点15分我入园开跑。东方逐渐透亮，而金黄色的一轮圆月依然高悬在西边的天上。春风拂面，湖水荡漾，鲜花盛开。红的桃花、黄的迎春、粉的樱花、白的梨花，成行成片，美得让人惊讶。这是四月的春天，这是一年中玉渊潭最美的时候。

奔跑在花的海洋，感受着春天的气息。我没觉得我年长了一岁，反而觉得又年轻了一岁。5公里，10公里，15公里，20公里，我在公园跑了4圈，当里程到了半马的21.1公里，我才停下。总计用时1小时55分06秒，平均配速5分27秒。此时，西天的圆月不见了踪影，东方的太阳亮得刺眼，万里晴空湛蓝无际。

3年的跑步，我付出了很多，也收获了很多。我常常在跑步时想，这就是我喜欢的状态，这就是我的生活。我为跑步而生。

4.4 北京奥森马拉松赛

23

风雨交加的朝圣之旅

　　蜿蜒起伏的赛道，风雨交加的天气，不绝于耳的"CHINA"呼喊声……经过 3 小时 28 分 31 秒的洗礼，我高举五星红旗，跑到了波马的终点，完成了朝圣之旅，实现了心中的梦想。

　　波马是世界上最古老的马拉松赛事，迄今已有 119 年历史，是世界六大马拉松赛事之一，对参赛选手有着严格的成绩要求。每一个跑者都有一个波士顿的梦想，她是马拉松的圣地，跑者心中的麦加。

　　2012 年 4 月，过了 55 岁的我开始跑步。2013 年 1 月的厦马，我 3 小时 32 分完赛。波马 55~59 岁年龄段报名资格线为 3 小时 40 分，我超过了 8 分钟，从此我心中萌发了要去波士顿跑马拉松的想法。这年 2 月，时值严冬，我来到波士顿。迎着暴风雪，我沿着查尔斯河奔跑，在波马终点徘徊，希望有一天，我能跑过这条终点线。2013 年 12 月的上马，我跑出了 3 小时 20 分 04 秒的成绩，超过波马报名资格线近 20 分钟。这更坚定了我要跑波马的想法。

　　2014 年 9 月，2015 年波马报名开始，我急切地在第一时间报了名，并获得成功。2015 年 4 月，恰逢跑步 3 周年，在积累了 12000 公里的跑量，参加了 12 场马拉松赛之后，58 岁的我，终于站到了第 119 届波马的起跑线上。

　　今年波马的比赛日期是 4 月 20 日。17 日，我与米花、

红珊瑚一起到了波士顿。这里明媚的阳光、透蓝的天空、雪白的云朵都令人陶醉。18日领完参赛号，我们前往波马终点牌楼。这里挤满了来自世界各地的选手，大家纷纷拍照留念，脸上洋溢着兴奋喜悦的表情。虽然语言不同，但用会心的微笑，再加上一个手势，彼此就能明白，因为跑者的心是相通的。

19日下午的天气预报说，明早气温会降到6摄氏度，有5级的风，雨量中等。看着窗外的阳光，想着明天的比赛，我祈祷这预报是错的。20日早晨4点起床，地上已经湿了，空中飘落着小雨，天上乌云密布。

6点半存衣，7点半乘车，8点半到起点，9点半进入起跑区。87个国家的3万多名跑者，从世界各地会聚到这里，浩浩荡荡又井然有序地向前走去，最后各就各位，等待起跑。风一直在刮，天越来越阴沉，我感觉越来越冷。

10点25分，枪声响起，我所在的第二批队伍终于出发。大约2分钟后过了计时毯，我按下跑表，开始了我的波马。没有喧闹，没有拥挤，大家整齐划一地向前跑动，我的配速很快进了5分。大约跑了2公里后，天空开始下雨，而且越下越大，地面积水，我的全身也湿透了。

不管风雨来不来，我们一定会来，完成波马的决心不会改变。我耳边仿佛响起了那首叫作《水手》的歌——他说风雨中，这点痛算什么，擦干泪，不要怕，至少我们还有梦。寻梦的路上，有风雨陪伴，这让我觉得十分难得。

4.20 波士顿马拉松赛

波马的赛道从 42.195 公里外的一个小镇开始，经过 7 个小镇，最后进入波士顿市区。赛道全程是一个缓缓的下坡，开始没多久，就有一个较陡的下坡，下降高度达 40 米。地面湿滑，为防止摔倒，我只好放慢速度。

居住在赛道沿途的居民世世代代都伴随着波马。每年的这一天，一家老小全部出动，站在家门口观看比赛，为选手加油。我看见坐在轮椅上的银发老人在微笑；躺在推车里的小孩在吮指；五六岁的金发女童羞涩地伸出小手，为选手送香蕉；年轻的帅哥美女在路边击鼓喊叫。赛道沿途还有好几处在用大功率音响播放流行劲歌，好多路过的选手随着音乐齐声歌唱。

我们在雨中跑。观众们打着雨伞，有些家庭还支起了帐篷，为选手加油。来自不同国度的陌生人，因为马拉松聚集在一起，心心相连，真是令人感动。

我为此次波马设计制作了印有"CHINA"字样的上衣。我所到之处，"CHINA"的呼喊声就会在赛道两边响起，不绝于耳。作为一个中国人，我感到光荣和自豪。我不停地与他们挥手致谢、击掌互动。

半程过去，我的配速一直在 4 分 45 秒左右。我周边的跑者好像和出发时没什么变化，始终是那些人。让我印象最深的是两个漂亮女孩，她们一直在边跑边聊，甚是轻松。真不愧是世界顶级赛事，来的都是高手。

波马选手的号码是依据报名成绩的快慢编排的，出发的次序也依此顺序，快的在前，慢的在后。在波马赛道上，速度快的年轻人排在前面，往后排的人的速度逐渐减慢，年龄逐渐增加。这个安排十分科学，让每个人都有机会发挥。你前面的都是比你跑得快的人，你有能力可以追；跑得比你慢的人都在你后面，不用担心会挡你的路。

波马女子资格线比同龄的男子资格线低30分钟。由于出发排位仅根据报名成绩，不考虑性别，所以和我们一起出发的女选手，成绩与我们相同，年龄却要比我们小20岁左右，难怪我周围有许多年轻的美女。

雨不停地下，沾满雨水的眼镜片模糊了我的视线，汗水雨水交融在一起，脚步踏出的水花四处飞溅。跑着跑着，我冰凉的身体失去了知觉，只有心还在跳动，灵魂还在飞翔。这就是我期待的朝圣之旅，这就是我追寻的感觉。

赛道两旁不时可看见与热烈加油的观众形成鲜明对比的带枪的警察，他们神情严肃，紧盯着过往的每一个人，确保比赛的安全。据说有3000名警察以及便衣国民警卫队参加了安保。

不得不说的是那段欢呼声最为响亮的赛道。卫斯理女校的美女们挤满了学校附近赛道的两旁，高喊Kiss me，为过往的选手加油。她们青春靓丽、热情奔放，我看见一个小伙子冲过去接受了香吻。面对无数双挥动着伸向我的手，我边跑边与她们击掌，表示感谢。她们热情的呼喊声，我跑过好远还能听见，难怪有人称这里为"尖叫隧道"。宋庆龄、冰心和希拉里都毕业于卫斯理女校，不知当年她们是否也在尖叫隧道呐喊过。

跑过30公里，我的体能明显下降，即时配速掉到5分以外。虽说在以往的马拉松赛中我从未出现过撞墙的情况，但这次风雨中的长距离奔跑让我感到有些吃力。没过多久，前面出现了一个长距离上坡，这就是著名的伤心坡。我放慢脚步，摆动着几乎失去知觉的双臂，奋力跑动着。我告诉自己，决不能停下脚步。

35公里过后，赛道告别了乡村，进入了城市。高大的建筑逐渐多了起来，我看见了波士顿大学前的那条我曾经跑过的马路,倍感亲切。赛道两旁的观众越来越多,"CHINA"的呼喊声此起彼伏,一位在我身旁跑过的选手羡慕地向我竖起大拇指。我来不及向呼喊的观众致谢了,唯有鼓足干劲,快速跑起来,才对得起他们的加油声。

波马官网直播每一位跑者每5公里的比赛情况,我的朋友李勇以此为据准备在半程处为我拍照,可惜路上拥堵,等他到达时,我已跑过了半程。他继续根据网上发布的我的跑动情况向终点赶去,虽然他提前赶到了,但滚滚人流中,他根本找不到我。

40公里的里程牌出现了,雨也停了。这是我最后的战斗,也是朝圣之旅的高潮。没有了疲劳,没有了寒冷,忘记了时间,忘记了自己,我激动万分地奔向心中的圣地。

当我远远看见终点牌楼出现时,我打开了五星红旗,高高地举起,在一片"CHINA"的欢呼声中,我冲向了终点,向百年波马送上中国跑者的敬意。当志愿者将奖牌挂在我的胸前时,我热泪盈眶。紧接着,我不由自主地全身颤抖,是激动还是寒冷,我说不清楚,也许都有。

这是我跑过的最艰难的马拉松,也是我跑过的最难忘的马拉松。

（此文刊《跑者世界》2015年第五期）

2015/04/24　美国波士顿

早晨6点,气温7摄氏度,风力4级,蓝天白云。我从住地波多菲大街开始跑步,沿麻省大街往北,跨过查尔斯河上的哈佛大桥,然后左转沿河向西,通过波士顿大学桥后,沿河边往东返回。本次跑步距离是7公里,用时38分23秒,平均配速5分30秒。

这是我 17 日下午到达波士顿后，7 天内的第六次跑步，也是此次波士顿之旅的最后一次跑步。在波士顿期间，除了参加波马，还参观了哈佛大学、波士顿艺术博物馆、基督科学教堂，在波士顿音乐厅欣赏了世界十大交响乐团之一——波士顿交响乐团的音乐会。下午就要乘机回北京了，真是有点恋恋不舍。

　　在查尔斯河两岸不算大的这块地方，坐落着哈佛大学、麻省理工学院、波士顿大学、波士顿音乐学院和伯克利音乐学院，在这里跑步的人，大多是这些学校的学生和老师。能在这里上学的人都是有着聪明大脑的人才，而他们热爱跑步，同时拥有着健康的身体，这让我从心底里赞叹，他们是真正的强人。虽然我不聪明，但有机会来到这片学府之地、马拉松圣地，和他们在同一条路上跑步，也感到十分开心。好几次我停下来，请迎面过来的跑者为我拍照。他们十分热情，拍完还要我查看好不好，不好可以重拍。有一次，迎面过来一位 50 多岁的跑者，我请他帮忙为我拍照，他说："对不起，我正使用 GPS 呢。"哈哈，这位大叔真是一位专注的跑者。

　　一个不大的城市，有着世界权威的百年高等学府，有着世界顶级的百年马拉松赛，有着世界知名的交响乐团。这就是波士顿，我最喜欢的地方。

CAPRON

3:30:28

2015 BOSTON MARATHON | John Hancock

4.20 波士顿马拉松赛

2015 BOSTON MARATHON | John Hancock | 30 YEARS TOGETHER

Monday, April 20, 2015 | Patriots' Day

Guoxiang Wang
successfully completed the
119th B.A.A. Boston Marathon

3:28:31

Overall Place:	9616
Gender Place:	7465
Place in 55-59 year old Division:	309

Joann E. Flaminio
PRESIDENT

Thomas S. Grilk
EXECUTIVE DIRECTOR

David J. McGillivray
RACE DIRECTOR

THERE'S ONLY ONE BOSTON

4.22 波士顿哈佛大学
4.22 波士顿基督科学教堂
4.24 波士顿大学桥

24 无心看风景

2015/05/18　广州白云山

　　出差广州，住在白云山旁。我在这里待了4天，这里下了4天的雨，时而小雨，时而中雨，时而大雨。不过，也许老天知道我要跑步，一天中间总有那么一段时间不下雨。15日和16日两天傍晚没下，17日和18日早晨五六点钟没下。我没有错过这雨停的间隙，4天跑步总计38公里。

　　这里的气温在25摄氏度左右，相对湿度90%，我没跑多久就汗流浃背。跑完10公里停下，全身都在出汗，低下头，脸上的汗水像雨滴似的落下，很快地上就积了一滩汗水。

　　白云山不高，但植被茂密，道路起伏曲折，山里还有一个小水库。骤雨初歇，山中静寂无人，远处云遮雾绕，蛙鸣才息蝉声又起。这里真是跑步的好地方。

2015/05/23　北京奥森

　　天气预报说今天最高气温会达到32摄氏度，是今年入夏以来温度最高的一天。为了备战一周后的秦皇岛国际马拉松赛（后文简称秦马），天热也要训练，今天，我计划跑35公里。

　　早晨6点，我和4位跑友在奥森开跑。路上人很少，我跑完南园北园一大圈的10公里，配速为5分21秒。太阳升起了，气温快速上升，人也多了起来。在南园南门存衣处，我喝了几口水，戴上帽子，继续上路。北园地势较南园平坦且人少，在北园跑了两圈再出来，到南园南门时已经跑了 25 公里了，此时的配速为 5 分 18 秒。

天热出汗多，体能消耗大，跑起来很费劲。穿过拥挤的人群，我沿顺时针方向再次进入北园。在北园跑完一圈后，我在路边小店买了瓶水，喝水时我在想，如果现在出北园，到南园南门是 35 公里多，如果继续在北园跑一圈，那么出去就是一个全马的距离了。

也许是喝水给我提了精神，我没有犹豫，决定继续在北园跑一圈。我将喝剩一半的水瓶寄存在小店，告诉老板我半小时后来取。25 分钟多一点后，我跑回小店，将剩下的半瓶水喝了个精光，此时公里数已到了 38 公里。我先后喝下的 3 瓶水全部变成了汗水，我的全身被汗水浸透，像刚被雨淋过似的。还有最后的 4 公里，我坚持着。时间大概是 9 点半，烈日当空，路上走路的人很多，跑步的人没几个了。

终点南园南门人山人海，我只好见缝插针穿过人群，最后用 3 小时 49 分 45 秒跑完了 42.2 公里，平均配速为 5 分 26 秒。跑完虽然累，但很开心，训练超计划完成，为秦马打好了底。

2015/05/31　河北秦皇岛

说起秦皇岛，人们就会想起北戴河的海滩，那是夏天的避暑胜地。面朝大海去跑一场马拉松，想来应是十分美好。

早晨 7 点多，我站在了 2015 年秦马的起点。太阳很热辣，只是站着就开始出汗了。广播喇叭震耳欲聋的音乐、主持人激动的话语，把现场气氛不断地推向高潮。众人都很兴奋，唯我闭目养神。央视航拍的直升机在头顶上飞过，引起人群中一片欢呼声。在主持人把到场嘉宾的名字一一念过之后，出发的枪声响了。

大概也就几秒钟，我跨过了起跑线。我的配速很快到了 4 分 25 秒，但我依然被人不断地超过。我逐步放慢速度，到 5 公里时，我的配速大约是 4 分 45 秒，一批一批的人从我身旁跑过。

秦马的赛道是从海港区的奥体中心出发，沿滨海大道跑到北戴河区，然后再折返回到奥体中心，这条线路几乎把当地最美的景点全部串了起来。以前曾经去过海港区，也去过北戴河，还去过滨海大道沿途的几个浴场，留下的都是各自独立的碎片印象。这次跑马，那些曾经留下的印象，像放电影似的，依赛道的走向一一重现。

跑到 8 公里处的金屋浴场，我寻找约好在此等候为我拍照的朋友王生生。我冲着他大喊，他没发现；我挥手再喊，他发现了，急忙端起 400 毫米的长焦镜头对着我，按下了快门。可惜距离太近了，只拍到了特写。

今天的气温是 25~30 摄氏度，下海游泳海水还太凉，但对于马拉松来说，这已经是高温了。天上太阳高悬，地上热浪翻滚，路边偶尔出现的一点树荫，跑者们都舍不得错过。尽管不时会刮来一阵海风，但我依旧汗流不止。为了防止皮肤晒伤，出发前，我在裸露的脸上、手上和腿上都涂了防晒霜。可脸上不停地出汗，我不断地擦汗，防晒霜很快被擦光了。赛后发现，我的脸被晒成了古铜色。

阳光、沙滩、海浪、鲜花、树林……美景不断出现在眼前，假如不跑马，我一定会流连驻足。可奔跑着，我却想到了张信哲《爱就一个字》歌词中的一句话：我为你翻山越岭，

5.31 秦皇岛国际马拉松赛

却无心看风景。为了寻找心中的爱，我奔跑在路上，无心看风景。

每到一个水站，我都喝一些水。第一个 10 公里，我的配速在 5 分以内。往后越跑越感觉乏力，到半程时用时 1 小时 50 多分。几次我都有放弃的念头，但一想，这么远的路，放弃了又怎么回去？还是慢慢跑吧。

正当我状态极度低迷时，突然后面有人喊我，我回头一看，是一身漂亮装束的漫漫，她说："王老师你怎么酱油跑？""天太热，跑不动啊。"我答。我心里想，一个女孩尚能坚持，我怎么能放弃！于是，我振作精神，大步跟上了她的步伐。我超过她两次，又被她反超两次。和她一起跑时，不断地有观众喊"美女加油"，我也沾光受到鼓舞。

跑马拉松累吗？许多人都问过我这个问题。累，当然累，说不累是假的，即便是国际顶级专业运动员，也都累。尽管每一个跑马者都经过了长期的训练，但在比赛中的坚持是跑者能够完赛的根本。不光跑马拉松是如此，我们做任何事都是如此，人生也是如此。想要获得成功，就得付出，就得坚持。当坚持成了习惯，人就会变得强大。

秦马赛道差不多每隔 10 米就有一位志愿者，好似一排城墙护卫着赛道。他们不断喊加油，为跑者鼓劲，令人难忘。在赛道的沿途摆放了 100 多台调频大功率音箱，播放着这次马拉松实况转播的声响、主持人的点评以及天气变化情况等，每一位跑者都可以边跑边了解整个比赛的情况。

越跑到后面，天气越热，我的配速越慢，但我一直坚持跑着，没有停下脚步。当我折返再次跑到滨海大道的金屋浴场时，我远远地看见我的摄影师朋友老王还在赛道中间等我。我大声喊他，他看见我了，用长焦、短焦两台相机轮番拍照。更让我觉得过意不去的是，老王是北京有名的摄影师，今年70岁了。为了拍好我的秦马，他在烈日下坚守3个小时等我，这番情谊让我感动。

再往前跑出现了3条线路，幸好志愿者给我指引，我没跑错。后来听人说，有人在此跑错道，多跑了8公里。又跑了一段，右侧出现了奥体中心的建筑，广播里传来为冠军颁奖的声音，我想，终点快要到了。可赛道指引牌指示的方向却离奥体中心越来越远，我一看手表，离终点还有好几公里呢。

进入市区后，道路两旁的观众多了起来，可马路上的跑者却越来越少。秦马的号码布根据年龄分为ABC三段。A段为年龄40岁以下的，B段为年龄40~50岁的，C段为50岁以上的。我是C段，在我身边的跑者大多为比我年轻的AB段，偶尔也有C段的跑者超过我。

终于看见终点门楼了，美女盈盈追了上来，我也提速冲刺，最后双臂展开到达终点。完赛成绩为3小时45分28秒。在5480位选手中排名第476，50岁以上年龄组共693人中排第77名。

2015/06/11　北京玉渊潭

天透蓝，云雪白，十分罕见的景色出现在今天北京的上空，引得无数行人驻足抬头。我不禁产生怀疑，这还是北京吗？仔细想想，我明白了，这才是北京。

昨天傍晚下了一场雨，地面和空气都很潮湿。今早天晴，气温25摄氏度，北风3~4级，多种因素促成了好天气。

启用佳明920铁三表，今天跑了15公里，用时1小时13分19秒，平均配速4分53秒，步频178步/分，步长1.15米。

25

在鸟巢奔跑

2015/06/20　北京鸟巢

6 月 20 日早晨 7 时整，发令枪响过，胸佩 3091 号号码布的我，开始在鸟巢田径场奔跑。这里正在举行的是 2015 "鸟巢·超越" UCS 超级马拉松限时系列赛（后文简称超马），来自全国 15 个省市的 630 余名选手在这里开始了一场超越自我的挑战。

UCS 超级马拉松限时系列赛赛事主打 "限时赛" 概念，本次赛事为 3 小时赛，采用场地赛模式，最终成绩依据选手在规定时间内的跑动距离来确定。比赛采用了 2015 国际田联世锦赛 20 公里竞走的规划赛道，即鸟巢田径场及其东侧的湖景东路，湖景东路总长约 1.9 公里。为了迎接 8 月举办的世锦赛，鸟巢田径场刚刚更换了全新的塑胶跑道。

按照比赛规定，选手在鸟巢田径场只能跑 15 分钟。为了能在这里多跑几圈，我努力快跑。报名参加这次比赛的主要目的，就是为了获得进鸟巢跑步的机会。鸟巢是 2008 年我国首次举办奥运会的地方，当时这里会聚了各国的顶级高手，吸引了全球的目光，国际奥委会主席称 2008 年奥运会是一届无与伦比的盛会。我曾作为观众进入鸟巢，观看比赛，为各国运动员加油。但做梦都没有想到的是，有一天我可以进鸟巢参加比赛。

3 年前我开始了跑步。每个周末，我都会去鸟巢北边的奥森公园跑上几圈。后来上班的地方搬到了北四环的惠新东桥附近，每天上下班途中都会看见鸟巢。进鸟巢跑步，成了我的一个梦想。这次在鸟巢举办超马赛，我有幸成为超马选手，我的这个梦从而得以实现。

时隔7年，当我再次进入鸟巢时，心里既喜悦又激动。巨大的中空椭圆形顶棚、恢宏的三层看台、两侧超大的显示屏幕、三根直指蓝天的旗杆，整个体育场除了中间一抹翠绿之外，四周被大片的中国红包围。鸟巢没有改变，依旧是那么有魅力，仿佛在等待着我的到来。我终于来了，7年前的看台观众今天成了赛道的超马选手，为此，我感到光荣和自豪。

一圈一圈又一圈，我奔跑的速度越来越快，不断在超越。有一瞬间，我好像出现了幻觉，当年奥运会的场景出现在了眼前，雷鸣般的欢呼声在耳边响起，我在鸟巢自由地飞翔。

我还记得当年我看比赛时座位的位置。举目望去，能容纳9万人的看台上空无一人。这将我立刻从幻想拉回到了现实，这里正在进行的是无观众的超马赛。当听见裁判说还有3分钟就要离场时，我赶紧加快了步伐。到7点15分离场时，我在鸟巢一共跑了8圈。

离开鸟巢后，比赛在湖景东路继续进行。这是一条长度为1公里多的折返赛道。选手在赛道上的角逐和超越非常频繁，我在套圈超过别人，更被高手多次套圈超过。但这一切都无关紧要，享受奔跑、超越自己才最重要。

以往参加的马拉松赛，都是以跑完42.195公里为目标，可今天的比赛，不管你跑得快还是慢，都要跑够3小时才算结束，这对我是一种新的挑战，也是一种新的体验。赛前我计划3小时跑完35公里，所以配速定在了5分内。前25公里我的平均配速为4分53秒，后来温度越来越高，补水频繁，最慢时的配速掉到了 5 分 30 秒。

沿途志愿者的贴心服务让人感动，他们手拿着香蕉、西红柿、能量棒站在赛道旁，等待选手取用，还不时地送上一两句加油的鼓励话语。

10 点钟时，赛道裁判大声喊道：比赛结束时间到，所有选手停止跑步。此时我的手表显示，跑步时间 3 小时 00 分 49 秒，跑过的距离 35.87 公里，平均配速 5 分 02 秒。组委会公布的我的成绩为 34.472 公里，总排名 44。这是由于比赛结束时我处在两个计时毯中间，记录的距离有丢失。

我的好朋友胡涛、刘晓翔、杨建国，顶着烈日，拿着大炮筒相机，从鸟巢到湖景东路，从 7 点到 10 点，为我拍照，记录了我比赛的全过程，谢谢他们。

胸前挂着完赛奖牌，我又回到了鸟巢，特地走到了 7 年前观看比赛的那排座位坐了下来。眼前静悄悄的鸟巢、刚才我奔跑的鸟巢、7 年前人声鼎沸的鸟巢，三个画面快速在我脑海中切换，一时间，竟不知今夕是何年。

时光在流逝，但因为跑步，我的心却越来越年轻。

2015/07/12　北京玉渊潭

天气预报说今天最高气温将达到 38 摄氏度。早晨起来去公园时我就感觉十分闷热。昨天跑了 30 公里，本来今天该休息，但明天要乘早班飞机去长沙，没有时间跑步了，所以今天才更要跑步。

昨天 30 公里的配速为 4 分 49 秒。今天跑 10 公里，计划配速要提高 10 秒，达到 4 分 39 秒。一起步配速很快进了 5 分，但我不敢懈怠，继续提速。很快，汗水就从额头渗出，5 公里过后全身都湿透了，配速达到了预期。

6.20 北京鸟巢超级马拉松限时系列赛

6.20 北京鸟巢超级马拉松限时系列赛

还有 5 公里，要保持此配速，我的脚步不能放慢。我使出全力，保持状态，最后 3 公里的配速分别为 4 分 36 秒、4 分 34 秒、4 分 33 秒，10 公里平均配速为 4 分 38 秒，实现了预设的目标。

不断地给自己施压，设定目标，全力去完成。无数个小目标的实现，终将汇聚成一个大目标。

2015/07/15　湖南长沙

我在长沙待过 16 年。那里的山、那里的水、那里的路，还有那里潮湿的空气，所有这些，对我来说是最熟悉不过了。每次去长沙，都有一种回家的感觉。

我曾在爱晚亭沐浴晚霞，在岳麓书院聆听先人教诲，在橘子洲头看湘江北去。虽然离开那里已有 20 多年了，但只要有机会去长沙，我必定会去这三个地方。

今天起了个大早，与好友一凡夫妇一起跑步。故地重游虽然跑的是老路，但大汗淋漓之后，感觉眼前的景色仿佛焕然一新了。

2015/07/21　北京玉渊潭

"早晨 5 点 15 分开始，跑步 10 公里，用时 44 分 48 秒，平均配速 4 分 30 秒，平均步频 187 步 / 分，平均步长 1.19 米，海拔上升 25 米，消耗热量 679 卡路里。"这是今天我的跑表记录下的一组数据。

打开记录我的跑步数据的网页发现，从 2012 年 7 月 26 日起到今天的 3 年时间内，我的跑步总次数刚好为 1000 次。这是一个让我高兴的数字。

6.27 北京奥森

7.6 北京奥森

在这 3 年的 1000 次跑步中，我跑过了 11811 公里，这个距离可以横穿我国的东西和南北；3 年中我跑了 1052 小时，折合天数为 43 天；平均每次跑的距离是 11.81 公里，平均配速为 5 分 20 秒；总能量消耗为 801967 卡路里。

俗话说：千里之行，始于足下。我的万里之行，千次跑完。回顾跑步的日子，我心中感慨万千。无尽的汗水洗涤了我的灵魂，无数的脚印刷新了我的人生。

2015/07/25　北京灵山

今天参加了"大家一起闯灵山，勇士攀登北京巅——萨洛蒙城市越野跑"第二十九期活动。跑步线路为塔尔寺—铁塔—北灵—九龙洼往返，全程 15 公里，海拔上升 600 米。

背起水袋，拿上手杖。我们在陡坡上攀爬，在碎石路上行走；穿过白桦林，在高山草甸上奔跑。阳光热辣，天空湛蓝，马在闲逛，羊在吃草，蜜蜂在耳边嗡嗡叫。远离喧嚣的城市，我们翻山越岭，寻找宁静，享受大自然的美景。

2015/07/26　北京东便门通惠河

7 月 16 日，我接到《跑者世界》杂志主编晏懿发来的信息，说 New Balance 想找几位形象好、在跑步圈内有影响的人，试穿 Vazee 疾风系列新款跑鞋，他们推荐了我，问我是否同意。我本来就打算去买这款鞋呢，有送上门的试穿，我当然同意了！

今天，我和另外两位跑友一起到杂志社试穿了新鞋，还到东便门附近的通惠河边跑了一段。我感觉这款鞋很轻，包覆性好，提速灵敏。杂志社的徐忆微在我试鞋的间隙采

7.25 北京灵山越野

7.25 北京灵山越野

访了我，我向她简单介绍了自己的跑步经历、体会以及试穿新鞋的感受。摄影师任涛全程跟随拍摄。临走前，小徐告诉我，我试穿的跑鞋还有这套跑步服装，都送我了。

《跑者世界》杂志 2015 年第 8 期，刊登了我的照片和简介。

2015/08/08　美国国家广场

白宫、国会山、华盛顿纪念碑、博物馆、纪念馆和政府办公楼，所有这些都被高大的树木，宽阔的草坪连接在一起。天上有飞鸟，水中见野鸭，路上游人如织。

给我留下最深印象的是这里从早到晚随处可见的跑者。或一人独自奔跑，或几人结伴而跑，他们身穿五颜六色的服装，成为流动的风景。而那些赤膊的"肌肉男"跑者，更成为一道独特的风景线。

机会难得，不容错过。有备而来的我换上了跑鞋，加入其中。烈日之下，汗流浃背，我也赤膊上阵，一切都是那么的自然和尽兴。经过白宫南草坪时，我想，奥巴马每天什么时候跑步呢？

2015/08/22　北京永定门

2015 北京国际田联世界田径锦标赛男子马拉松大众 10 公里跑于今早 7 点 35 分在永定门城楼前鸣枪开跑。前面是跑马拉松的各国顶级高手，后面是跑 10 公里的万名中国业余跑者。专业精英和业余"草根"同跑，这在世锦赛历史上是首次。

从永定门出发后，10 公里跑的线路经过自然博物馆、

8.22 国际田联世锦赛大众 10 公里跑

珠市口大街、前门、天安门、新华门、复兴门、月坛北街，最后到红塔礼堂结束。

身穿统一黄色参赛服的万名跑者，在蓝天、白云、绿树、红墙的衬映下，显得格外亮丽。能够作为一名世锦赛运动员参与其中，与各国高手一起跑，我既兴奋，又自豪。途中我喝了两次水，配合摄影师拍了三次照。43 分 48 秒完赛，平均配速 4 分 21 秒。

2015/08/25　北科大田径场

今天是"北京跑吧西瓜间隙训练营"的最后一次活动，内容是 10 公里测试。我每公里的用时分别为（分）：

4:07　4:04　4:07　4:12　4:15　4:14　4:09　4:14　4:10　3:59

总用时 41 分 37 秒，平均配速 4 分 10 秒，创下了我 10 公里的最快纪录。

借助"西瓜营"的训练，这个夏天，我尝试提速。每次跑步，不管跑多少，我都要求自己的配速必须进 5 分。随着速度的加快，跑步难度也逐渐加大，我常感觉已经到了崩溃的边缘。我想，只有把自己逼到走投无路的时候，曙光才会出现。我努力坚持，每次跑步的最后一段，我都竭尽全力冲刺，让速度达到全程最快。那最后冲刺的短暂时光，是忘我的时光，是爆发的时光，是闪光的时光，也是最美好的时光。

2015/08/30　北京蓝靛厂路

早晨 4 点出门跑步，跑到昆玉河边的蓝靛厂路时，在通亮的灯光下，我看见好多工作人员在路边为 7 点半开始

8.12、8.14 美国华盛顿

的世锦赛女子马拉松做准备。补给台、里程牌、喷淋装置、计时钟、广告牌、移动厕所等逐一到位。

空荡的路上只有我一个人在跑，我跑过了 17 公里和 22 公里两个里程牌。在北四环辅路，一位志愿者和我开玩笑说："你这么早就开跑了，直接跑去终点鸟巢吧，你是第一名。"

这条路虽然我经常跑，但布置为世锦赛马拉松赛道后，我能独自一人在比赛开始之前在赛道奔跑，真是难得。20 天后，北京马拉松将在这里举行，我将和 3 万名跑者一起在这里跑过。想到这里，我激动了，不知不觉加快了步伐。

今天跑了 35 公里，用时 2 小时 49 分 10 秒，配速 4 分 50 秒。

2015/09/13　北京人大操场

不久前，为了备战世界田径锦标赛，中国田径队在人民大学操场进行了测试。人大离我家较近，为了备战一周后的北马，昨天和今天我都去人大进行训练。人大操场的塑胶跑道不是常见的那种胶粒跑道，而是由大块的塑胶铺设而成，与鸟巢的跑道类似，难怪国家队的运动员要去那里搞赛前测试。

在专业赛道上，我全力奔跑。昨天半马 1 小时 32 分 03 秒完成，平均配速 4 分 22 秒，平均步频 185，平均步长 1.24 米。今天的 10 公里 41 分 30 秒完成，平均配速 4 分 09 秒，平均步频 187，平均步长 1.29 米。

初秋的早晨，天气有了些凉意，奔跑的时候，耳边的风呼呼作响。我采取的是越跑越快的方式，50 多圈的半马，不敢有丝毫的松懈。我就这样在崩溃的边缘寻找自我，寻找快乐。

9.13 人民大学

26 北马年龄段排名20

2015/09/20　北京马拉松

7点30分，发令枪响，2015年北马开始了。作为比赛成绩在330以内的选手，我在A区出发，紧随第一方阵特邀的黑人选手。仅用了8秒钟，我就过了起跑线。当我按下跑表的那一刻，我好像觉得这不是开始了一场比赛，而是开始了新的人生。

2013年，我第一次参加北马，比赛那天蓝天白云，我327完赛。2014年，比赛那天重度雾霾，我带着腿伤，338完赛。今年是我第三次参加北马，今天的天气是多云，轻度雾霾。对于参加北马，我始终风雨无阻。

已经举办了35年的北马，今年取消了半程和10公里项目，只有全程项目，名额是30000个。有60000人报名，最后由抽签决定。由于我上届的北马成绩在年龄段中进入前100名，免抽签获得参赛资格。

今年的比赛线路也做了调整，减少了拐弯和坡度。尤其让我感到高兴的是，新改的线路经过西三环中路的八一湖桥，正是我每天跑步的地方。

虽然紧跟黑人选手出发，但他们跑得太快，一眨眼就不见了人影。天安门、新华门、复兴门，我轻松跑过。在木樨地，我紧靠右边，边跑边寻找说好在此为我照相的朋友武哲明。我看见老武正拿着相机对着我，我向他跑过去，

9.20 北京国际马拉松赛

听见他相机快门机关枪似的连响。

　　跑过木樨地桥，经过军事博物馆，在公主坟右转，前方不远处就是八一湖桥。桥的东边是我每天晨跑的玉渊潭公园，好多熟悉的面孔向我喊加油。我看见了人群中的妻子，挥手向她跑去，她及时按下了相机快门，拍下了我那一刻的身影。

　　这次北马，对成绩我没有预设目标，配速也就是平时训练时的配速。前半程的配速维持在4分30秒左右，用时1小时37分。

　　大约在8公里左右，"315兔子"追上了我。3小时15分完赛，平均配速应为4分37秒，这个"兔子"明显是跑快了，可能他是采用先快后慢的跑法。我按自己的4分30秒的节奏跑着，在20公里左右，又一个"315兔子"超过了我，又是一个快"兔子"。

　　跑到30公里时，我感到有些乏力，平均配速掉到了4分36秒。这时第三个"315兔子"追上了我。这个"兔子"是匀速的精准"兔子"。假如我想要315完赛，必须紧跟他不放松，这是我最后的机会了。

　　我先是跟在这位"315兔子"身后跑，后来我与他并肩跑。那一刻的感觉特别好，让我想起2013年跟随"330兔子"跑的情景。大约跑了3公里，我去取水，喝了几口水再跑时，与"兔子"有了约10米的距离。之后，我与"兔子"的距离越来越大。跑过北五环、林萃路时，身边的跑者越来越少，我也越来越提不起精神。

　　后来在折返时，我看见了跑在我前面的鸿玉，他冲我高喊："王老师加油！"我的精神为之一振。我想，315跑不完，争取320跑完，平均配速不能跌出4分42秒，这是我2013年上马的成绩，也是我马拉松的最好成绩。跑到35

北京马拉松
i Beijing Marathon
athon Finish

3:20:36
SEIKO

9.20 北京国际马拉松赛

公里时，我用时2小时43分02秒，平均配速4分40秒。

39公里处，张仰华在那里为大家照相，我迎着他的镜头，张开双臂，微笑而轻松地跑过，既为感谢小张，也为给自己加油。其实，此时的我极度痛苦，在挣扎着，坚持着。

我跑到40公里时，计时钟上的时间显示为3：09：39。"这是最后的斗争，团结起来，到明天……"我的耳旁仿佛响起了《国际歌》，我振作精神作最后的努力。"加油！加油！"观众在呼喊。"王老师加油！"同事在呼喊。

终于上了景观大道，看见鸟巢，看见终点牌楼了。从来没觉得景观大道是那么的宽阔，那么的漫长。临近终点那几百米赛道上的人是那么的少，没有前后的追赶，没有左右的争抢，我在和自己比赛。

我双手高举冲过了终点，计时牌上显示的时间为3：20：36。当我把完赛奖牌挂在胸前时，所有的痛苦和挣扎都消失得无影无踪，留下的只有兴奋、快乐和充斥全身的幸福感。

这次的成绩是我3次北马中最好的，也平了我两年前上马创下的最好成绩。在26294名完赛选手中，我净计时成绩排第894名。55~59岁年龄段排第20名。

2015/09/27　首都师范大学操场

今天是中秋节。一大早，我就到首都师范大学操场跑步。今天一共在跑道上画下了25个团圆的圈，开启节日好心情，也祝亲朋好友中秋快乐。10公里，用时43分08秒，平均配速4分19秒，平均步频184步/分，平均步长1.26米。

2015/10/11　北京奥森

　　2015 奥森马拉松·秋日站（落日马拉松）于下午 4 点在奥森北园西门开跑。赛事为半马，逆时针方向在南园和北园跑两大圈，有 601 位跑者参加。乘着凉爽的秋风，看着美艳的秋色，伴着西下的夕阳，我愉快地奔跑。

　　第一个 5 公里用时 22 分 53 秒，配速 4 分 35 秒。

　　第二个 5 公里用时 22 分 45 秒，配速 4 分 33 秒。

　　第三个 5 公里用时 22 分 48 秒，配速 4 分 34 秒。

　　第四个 5 公里用时 21 分 35 秒，配速 4 分 19 秒。

　　最后我以 1 小时 36 分 04 秒完成比赛，平均配速 4 分 31 秒，平均步频 185 步 / 分，平均步幅 1.20 米。总排名第 27 位。

27

寻梦之旅

2015/10/14　北京玉渊潭

长沙国际马拉松赛（后文简称长马）倒计时第四天，这是我赛前的最后一次 5 公里跑。

第一公里 4 分 27 秒。

第二公里 4 分 16 秒。

第三公里 4 分 14 秒。

第四公里 4 分 08 秒。

第五公里 4 分 00 秒。

总共用时 21 分 09 秒，平均配速为 4 分 13 秒，平均步频 189 步 / 分，平均步长 1.26 米。

2015/10/18　湖南长沙

15000 人聚集在贺龙体育场，等待首届长马的发令枪响。我是精英选手，站在了起跑队伍的前列。

抬头通过起点牌楼向远处看去，正面大楼楼顶上的一行大字——和一国际大酒店，映入眼帘。那苍劲有力、气势恢宏的七个大字是我的老师颜家龙先生所写。

颜家龙先生是名满湖湘的书法大家。我与先生交往 20 多年，受益匪浅。虽然先生已经远行，但先生的教诲我牢记在心，先生的书法立轴仍挂在我家的厅堂，先生生前出版的最后一

10.18 长沙国际马拉松赛

10.18 长沙国际马拉松赛

本书法作品集一直摆在我的桌上。研读临帖先生的作品几乎成了我的日常作业。今天，在长马的起点，我看到了先生写的大字，就好像先生又来到我的身旁。

长沙是我梦的起点，我的青年时代在这里度过。参加长马，重访麓山湘水，重温青春岁月，重会亲朋好友，这真是令人陶醉的寻梦之旅。

起跑的枪声响过，仅用4秒钟我就过了起跑线。没过几分钟，就跑到了书院路。85岁的岳父在路边等我，20多年未见的邻居大哥大声呼喊我的名字，妻子当上了啦啦队的队长。

经过湘江大道，跑上湘江大桥，来到了橘子洲头。看着英姿勃发的青年毛泽东雕像，我也仿佛回到了青年时代。伴着北去的湘江，我向北跑去，不见百舸争流，却见一桥飞架东西。

在河西的潇湘大道旁，有一群人在为选手加油。我靠边跑近他们，与他们互动。没想到我的表妹就在其中，而且还是领头的。我喊她，她一时没反应过来，却在慌乱之中用手机为我拍了一张照片，记录下了我跑过的身影。

今天的最高气温达29摄氏度，全程选手共2500人。跑过半程之后，路越来越宽，气温越来越高，跑者越来越少。30公里后的一个大上坡，乏力的我走了几步。但一想，如果这么走着，后面可能跑不起来了，我努力重新跑了起来。

接着，我跟上了一个4人小队伍，他们的配速在5分内，其中有一位20多岁的女孩。路边的观众冲她大喊"美女加油"，说她是跑过去的第六个姑娘。

西二环路的左侧汽车飞驰而过，我在路的右侧快速奔跑。汽车的声音盖过了我的脚步声和呼吸声，我感觉心跳在加速。

上坡，再遇上坡，寻梦的旅程十分艰难。长马的线路，串起了我在此学习、工作16年的全部场所。那山那水，那桥那路，我走过了无数次，今日又来，倍感亲切。

往事历历，不断在眼前浮现，曾经的努力磨炼出今天的我。成也好，败也好，不放弃就好；快也好，慢也好，坚持跑就好。1978年，我第一次踏上这块土地，那时最多只能在操场上跑4圈。37年后的今天，我在这里跑马拉松，这多少让我感到欣慰。

还有最后的两公里，此时40公里的计时牌显示时间为3：18：45。跑到41公里左右，我抬头寻找终点牌楼。未见牌楼踪影，却看见一个大上坡，它挡住了前面的视野。从来没有哪个马拉松临近终点还有大上坡，这就是长马。为了减轻自己的压力，我不看前方，低头看路，小步快跑。

终于跑到坡顶了，我远远地看到了终点牌楼。3小时30分37秒，我高举双手通过了终点。那一刻，感觉自己的身心都融入了湖湘大地。

2015/11/04 杭州西湖

"欲把西湖比西子，淡妆浓抹总相宜"。深秋时节，烟雨蒙蒙。早晨6点，我从解放路口开始环湖跑。绿荫环抱，山色葱茏，画桥烟柳，云树笼纱，水天一色。奔跑着，感觉自己像是闯进了一幅泼墨山水画中，我是画中人。

我轻轻地跑，生怕扰动了美景；我慢慢地跑，生怕错过了美景。到了断桥上，我飞快地跑，我怕桥再断。

全程共计14公里，用时1小时12分37秒，配速5分37秒。

28 我与上马有个约定

2015/11/08 上海马拉松

　　喜欢上海，喜欢外滩，喜欢上马。两年前我在上海马拉松跑出了个人的最好成绩。我与上马有个约定——为了寻找更好的自己，我还会再来。2015年11月8日早晨，我第三次站在了上马的起点——上海外滩。35000名跑者，从金牛广场向北，绵延排到了外白渡桥。作为号码A字头的精英选手，我荣幸地站在了上马起跑的第一排，被好多摄影师拍摄，还接受了电视台的采访。赛前5分钟，万人齐声高唱国歌，嘹亮的歌声在浦江两岸回荡。7点枪响，我在同一时间按表、出线。

　　我被周围的高手带着跑，几百米后看表，配速已进入4分。这太快了！我赶紧降下速度，按照自己的节奏跑。虽然这次出发站在了头排，但我并不具备头排的能力，只好目送着高手们不断地超我而去。今年的上马线路与往年相比有两处调整。一是起点由陈毅广场南移300米，设在了金牛广场；二是要经过新天地。"牛气冲天"地出发，跑向"新天地"，这或许是对跑者的鼓励，也是对我们的期待。

　　2013年12月的上马，我跑出了3小时20分03秒的个人最好成绩。此后，经历了受伤、停跑、恢复、再跑的漫长过程。2014年11月的上马，尚未完全恢复的我，用了3小时28分27秒完赛。最近一年，我调整了训练方式，跑休结合、长短结合、快慢结合，还增加了动感单车运动，从而边训练，边

11.8 上海国际马拉松赛

恢复，边提高。为了在上马找到更好的自己，春夏秋冬，汗流无数，我经常在崩溃的边缘徘徊。我相信，只要有付出，总会有回报。根据赛前的训练，此次上马跑进 3 小时 20 分应该是没有问题的。但影响比赛的因素太多，能不能有一个好的发挥，一切都只能走着瞧。

早晨 4 点半，外面正下大雨。我想，不会又像波马那样在雨中跑吧？但不管雨能不能停，我都不会放弃。做好准备工作后，我不到 6 点出门。雨停了，真是比赛的绝佳天气。

第一个 5 公里用时 23 分 43 秒，10 公里用时 47 分 19 秒，平均配速 4 分 44 秒。我感觉良好，起步的热身跑顺利完成，接着我开始逐步提速。20 公里用时 1 小时 33 分 36 秒，平均配速 4 分 39 秒。如果保持这个配速跑完全程，就可以跑进 3 小时 20 分。

这次跑上马得到了家人的全力支持。夫人跑步 20 多年，从未参加过任何比赛，此次为了我的上马，参加了 10 公里项目的比赛。姐姐、外甥女、外孙女，老中青三代人，从老家来到上海为我加油。

在 18 公里处，我遇到了跑友小刘，她不戴表不用手机，凭着感觉跑。我问她打算多少时间跑完，她说，超过波马资格线。我想应该是 3 小时 30 分以内。一起跑过 10 公里后，她问我现在配速是多少。我告诉她，即时配速 4 分 25 秒。在龙腾大道桥的上坡，她没有减速，我则放慢了速度。

上马赛道后半程折返道较多，道路两侧的跑者迎面而跑，气氛热烈。每到此时，我总是往中间跑，在迎面跑来的人群中寻找我的跑友。我先看见了跑在前面的浩子、阿贵、大海、梁伟，他们都是 3 小时左右的高手；接着又看见了米花、彩霞、珊瑚、老范，大家高喊加油，相互鼓劲。

跑到 30 公里时，我用时 2 小时 19 分 59 秒，平均配速为

11.8 上海国际马拉松赛

4分37秒，我感觉状态依然很好。接下来的主要任务是要保持状态，继续匀速跑动，严防意外情况的出现。

我喜欢上海这座城市，喜欢从外滩出发的上马。在熟悉的路上，看着熟悉的景色，参加上马，好似与老友约定的一次相见。为了这一次见面，我认真准备了一年。

跑表每公里都有配速提示，我据此调整速度。快的人我不跟，慢的人我超过，始终按照自己的节奏跑。每到补水站都喝几口水，15公里后的每一个5公里，我都服用一支能量胶。

跑到40公里时，计时牌上显示的时间为3小时07分23秒。破纪录有望，我该提速了。第41公里的配速为4分47秒，第42公里的配速为4分33秒，最后200米的配速为4分15秒。当我冲过终点线时，计时牌显示的时间为3小时17分28秒。时隔两年，我终于又有了新的突破，跑进了3小时20分。

比赛的实时追踪记录如下：

计时点	芯片时间	阶段配速	分段时间	总时间
5公里	7:23:21	4:44	0:23:43	0:23:43
10公里	7:46:57	4:43	0:23:36	0:47:19
15公里	8:10:27	4:43	0:23:30	1:10:49
20公里	8:33:14	4:40	0:22:47	1:33:36
25公里	8:56:25	4:40	0:23:11	1:56:47
30公里	9:19:37	4:39	0:23:12	2:19:59
35公里	9:43:25	4:40	0:23:48	2:43:47
40公里	10:07:01	4:41	0:23:36	3:07:23
终点	10:17:06	4:40	0:10:05	3:17:28

回头再看终点牌楼，我既不兴奋也不激动，好像一切都在预料之中。期待和准备了一年的上马这么快就结束了，真有点恋恋不舍。千里相会，终有一别，上马，我们明年再见。

2015/12/02　北京玉渊潭

北风呼啸，明月高悬，繁星相伴。早晨5点半，我在玉渊潭环湖跑了两圈，呼吸着久违的新鲜空气，大汗淋漓。

之前的5天，北京一直被雾霾笼罩，各项污染指数都爆表，有人测出PM2.5指数接近2000！举目望去，四处灰蒙蒙的，仿佛世界末日就要来临。

昨夜的一场四五级的大风，将雾霾彻底吹散，让天地露出了真容。风是跑者的朋友，虽然我家没住在黄土高坡，但我也喜欢大风从门前刮过，不管是西北风还是东南风，都是我的歌。

2015/12/06　北京玉渊潭

每天早晨5点起床，如果能听见风声、看见月亮，就代表今天可以跑步。遇到好天气，就要抓紧跑，因为实在是太难得了。

连续5天好天气，连续跑了5天，每天10公里。配速分别为：4分54秒、5分07秒、4分36秒、4分22秒、4分24秒。

2015/12/27　北京园博园

早晨5点起床，推开窗户，一阵寒气袭来，举目远望，大地披上了银装。下雪了！这场不期而来的雪驱散了雾霾，清新了空气，让今日的第三届"公园半程马拉松"成为了名副其实的"雪地马拉松"。

我在雪地跑过，但在雪地参赛，这是第一次。虽然气温低至零下8摄氏度，但没有风，所以感觉并不算太冷。9点枪响起跑，配速很快就进入 4 分 30 秒。5 公里过后，我前面已看不见人了，那些人跑得太快；回头看，后面的人离我还远。我只好独自一人跑着。

地上的白雪有些刺眼，远处的天呈淡淡的蓝色，空旷的园博园不见游人，只有我们在奔跑。大约从 8 公里开始，我陆续被 4 人超过，其中一人穿了短裤。我试图跟上，但没有成功。后来听见身后有脚步声，我努力不让他超过，他也一直紧跟着我，跟了 5 公里左右。每到转弯处，都有志愿者在提醒路滑。救护车在路边待命，医疗救护者在赛道骑行跟随。17 公里后，我追上了先前超过我的穿短裤的人，接着又先后超过了另外 3 个之前超过我的人。其实我并没有加速，我一直在匀速跑，是他们后程掉速，我才得以追上。

当跑完第四圈拿到第四个手环时，我已跑了 20 公里。此时衣服已经湿透，我的脸上挂满了汗水，头上热气腾腾。终点就在眼前，我提速冲刺，最后以 1 小时 36 分 41 秒完赛，位列男子组第 27 名。

这次比赛的成绩，还让我获得了北京市大众马拉松运动"健将级证书"，这为我跑过的 2015 年画下了圆满的句号。我将奔跑着迎接新年的到来。

跑步遇见更好的自己 29

　　春暖花开我在奔跑，夏雨酷暑我在奔跑，秋高气爽我在奔跑，冬雪冰封我在奔跑。

　　无论身处何时何地，我都在跑步，感受着大自然不同地域的季节轮回，我是大自然的朋友。奔跑的我，感觉五谷更为香甜，河山更加美丽，生命更具活力。跑步让我意志更加坚定，心态更加平和，思维更加敏捷，身体更加健康。

　　回顾自己的跑步历程，我为自己的坚持所感动，我为自己的收获而喜悦。跑步人人都会，它是最简单，同时也是最复杂的体育运动。挥洒了无数的汗水，经历了无尽的艰辛，我明白，只有克服困难，战胜自己，才能享受到其中的乐趣。

　　枯燥并享受着，孤独并充实着。在漫长的跑步历程中，我锻炼身体，磨炼意志，修炼精神。跑步不仅开发了我的潜能，更重要的是净化了我的灵魂，重塑了我的人生，带我进入了一个新天地。

　　太阳照亮大地，跑步点燃生活。跑步是我的态度，我的信仰，我的一种生活方式。路上的马拉松有终点，人生的马拉松永无止境。

　　春夏秋冬，在路上，跑步遇见更好的自己。

附录

\multicolumn{4}{c}{王国祥马拉松成绩单}			
1	2012 年 12 月 15 日	海南儋州马拉松	3:50:04
2	2013 年 1 月 5 日	厦门马拉松	3:32:59
3	2013 年 5 月 25 日	天津马拉松	3:42:24
4	2013 年 10 月 20 日	北京马拉松	3:27:38
5	2013 年 12 月 1 日	上海马拉松	3:20:04
6	2014 年 3 月 30 日	郑开马拉松	3:25:45
7	2014 年 9 月 20 日	衡水湖马拉松	3:34:18
8	2014 年 10 月 19 日	北京马拉松	3:38:25
9	2014 年 11 月 2 日	上海马拉松	3:28:23
10	2015 年 1 月 3 日	厦门马拉松	3:30:03
11	2015 年 2 月 22 日	东京马拉松	3:30:28
12	2015 年 4 月 20 日	波士顿马拉松	3:28:31
13	2015 年 5 月 31 日	秦皇岛马拉松	3:45:28
14	2015 年 9 月 20 日	北京马拉松	3:20:32
15	2015 年 10 月 18 日	长沙马拉松	3:30:37
16	2015 年 11 月 8 日	上海马拉松	3:17:28
17	2016 年 3 月 20 日	无锡马拉松	3:18:49
18	2016 年 5 月 1 日	秦皇岛马拉松	3:24:13
19	2016 年 8 月 28 日	魁北克马拉松	3:17:02
20	2016 年 9 月 17 日	北京马拉松	3:21:25
21	2016 年 10 月 30 日	上海马拉松	3:16:19

跑步至今的总里程：2012.7.26—2016.11.29　　16405.77 km

2016.10.29 与奥运会女子 20 公里竞走冠军刘虹合影

图书在版编目（CIP）数据

跑步点燃生活 ：3 年跑进波士顿 / 王国祥著 . — 北京 ：北京出版社，2017.5
ISBN 978-7-200-12479-8

Ⅰ．①跑… Ⅱ．①王… Ⅲ．①日记 — 作品集 — 中国 — 当代 Ⅳ．①I267.5

中国版本图书馆 CIP 数据核字（2016）第 217201 号

选题策划 / 责任编辑：孙　宇
执行编辑：韩　笑
首席摄影：侯艺兵 刘晓翔 黄慧靖
摄　　影：周启凡 赵志强 蔡强 任涛 胡涛 王生生 赵一凡 李卫清
　　　　　张仰华 武哲明 崔庆育 风 11 马拉松照片库 MarathonFoto 等
装帧设计：魏　鹏 李珊珊
责任印制：魏　鹏
投稿邮箱：yu.sun@bpgmairdumont.com

跑步点燃生活

3 年跑进波士顿

PAOBU DIANRAN SHENGHUO

王国祥　著

出　　版：北京出版集团公司
　　　　　北京出版社
地　　址：北京北三环中路 6 号
邮　　编：100120
网　　址：www.bph.com.cn
总 发 行：北京出版集团公司
版　　次：2017 年 5 月第 1 版第 1 次印刷
印　　刷：北京华联印刷有限公司
开　　本：787 毫米 ×1092 毫米　1/16
印　　张：17.5
字　　数：260 千字
书　　号：ISBN 978-7-200-12479-8
定　　价：69.00 元
如有印装质量问题，由本社负责调换
质量监督电话：010-58572393

本图书是由北京出版集团有限责任公司依据与京版梅尔杜蒙（北京）文化传媒有限公司协议授权出版。

This book is published by Beijing Publishing Group Co. Ltd. (BPG) under the arrangement with BPG MAIRDUMONT Media Ltd. (BPG MD).

京版梅尔杜蒙（北京）文化传媒有限公司是由中方出版单位北京出版集团有限责任公司与德方出版单位梅尔杜蒙国际控股有限公司共同设立的中外合资公司。公司致力于成为最好的旅游内容提供者，在中国市场开展了图书出版、数字信息服务和线下服务三大业务。

BPG MD is a joint venture established by Chinese publisher BPG and German publisher MAIRDUMONT GmbH & Co. KG. The company aims to be the best travel content provider in China and creates book publications, digital information and offline services for the Chinese market.

北京出版集团有限责任公司是北京市属最大的综合性出版机构，前身为 1948 年成立的北平大众书店。经过数十年的发展，北京出版集团现已发展成为拥有多家专业出版社、杂志社和十余家子公司的大型国有文化企业。

Beijing Publishing Group Co. Ltd. is the largest municipal publishing house in Beijing, established in 1948, formerly known as Beijing Public Bookstore. After decades of development, BPG has now developed a number of book and magazine publishing houses and holds more than 10 subsidiaries of state-owned cultural enterprises.

德国梅尔杜蒙国际控股有限公司成立于 1948 年，致力于旅游信息服务业。这一家族式出版企业始终坚持关注新世界及文化的发现和探索。作为欧洲旅游信息服务的市场领导者，梅尔杜蒙公司提供丰富的旅游指南、地图、旅游门户网站、APP 应用程序以及其他相关旅游服务；拥有 Marco Polo、DUMONT、Baedeker 等诸多市场领先的旅游信息品牌。

MAIRDUMONT GmbH & Co. KG was founded in 1948 in Germany with the passion for travelling. Discovering the world and exploring new countries and cultures has since been the focus of the still family owned publishing group. As the market leader in Europe for travel information it offers a large portfolio of travel guides, maps, travel and mobility portals, apps as well as other touristic services. It's market leading travel information brands include Marco Polo, DUMONT, and Baedeker.

DUMONT 是德国科隆梅尔杜蒙国际控股有限公司所有的注册商标。

DUMONT is the registered trademark of Mediengruppe DuMont Schauberg, Cologne, Germany.

杜蒙·阅途 是京版梅尔杜蒙（北京）文化传媒有限公司所有的注册商标。

杜蒙·阅途 is the registered trademarks of BPG MAIRDUMONT Media Ltd. (Beijing).